Signore Bellandinis Flug zur Sonne

AF284675

Stefan Wolter

Signore Bellandinis Flug zur Sonne

Roman

*Bibliografische Information der Deutschen Nationalbibliothek:
Die Deutsche Nationalbibliothek verzeichnet diese Publikation
in der Deutschen Nationalbibliografie; detaillierte bibliografische Daten sind im Internet über http://dnb.dnb.de abrufbar.*

© 2018 Stefan Wolter

Covergestaltung:
Dirk Stegner – www.der-natur-coach.de
Coverfoto:
© Jonas Glaubitz – www.fotolia.com

Herstellung und Verlag:
BoD – Books on Demand, Norderstedt

ISBN: 978-3-7528-2453-7

Man bleibt nur gut, wenn man vergisst.

Friedrich Nietzsche

1

Manchmal schenkt er seiner Krankheit ein Gesicht. Wenn er bereit dazu ist. Er stellt sich vor, er wäre nicht allein. Wie eine Gefährtin steht sie ihm zur Seite, hält ihm die Hand, ist für ihn da, selbst in den dunkelsten Stunden. Dann wieder verflucht er sie. Sie beobachtet ihn, spioniert ihn aus. Sie bekommt eine Gestalt, einen Charakter. Eine Persönlichkeit.

Gemeinsam steigen sie in das Boot, dessen Bild ihm immer wieder in den Kopf kommt. Sie setzt sich vor ihn hin, er selbst hat kaum noch Platz. Er muss die Beine anziehen und seine Arme vor der Brust verschränken, so eng ist es. Eine verachtende Haltung, gleichzeitig Schutz vor dem Untergang. Unter seinen Füßen spürt er, wie das Meer an die faulenden Holzplanken schlägt. Die Wellen lassen den Kahn schaukeln. Um ihn herum ist alles dunkel, klamme Luft nimmt ihm den Atem. Er ruft, so laut er kann, seine Stimme bleibt gleichgültig. Jedes Wort verweht. Nur sich selbst hört er, sonst niemanden. Keiner ist hier. Das ist alles, was er noch in seinem Kopf hat.

Täglich versucht er, sein ersehntes Netz auszuwerfen und alle Bilder und Eindrücke, die sich ihm bieten, darin einzufangen, bevor ihr kurzes Leben endet und wieder Platz für neues geschaffen wird. Vorausgesetzt natürlich, seine Krankheit lässt es zu.

Sie haben ihn vor den braunen Holztisch gesetzt, eine Handlung, die sich fast jeden Tag wiederholt. Im Gegensatz zu seinem Kopf arbeiten seine Augen noch uneingeschränkt. Sie suchen den Raum nach Veränderungen ab. Veränderungen, die sich in den letzten Tagen oder Stunden, vielleicht auch Minuten, ergeben haben könnten. Und solche, die ganz frisch und unberührt sind. Das braune Regal steht noch immer an seinem Platz, ebenso der Kleiderständer mit den zwei dunklen Mänteln und dem weißen, mit unzähligen Flecken übersäten Arztkittel. Wenigstens sind es keine roten, denkt er.

An seinem linken Handgelenk trägt er seit einigen Wochen ein blaues Plastikarmband, das sich ständig verdreht. Die Farbe kann er sich nicht erklären, anfangs war von Grün die Rede gewesen. Grün ist die Farbe des Lebens, aus ihr erwächst die Welt und zu ihr kehrt sie wieder zurück, wenn ihre Zeit gekommen ist. Dagegen ist alles Blaue weit weg und voll von Sehnsucht. Er kennt keine Sehnsucht mehr, seine Zeit sind die flüchtigen Augenblicke, diese kurzen Momentaufnahmen, nichts weiter. Ein weißer Aufkleber auf dem Armband enthüllt oberflächliche Informationen über seine Person. Nur für den Fall, dass er eines Tages verloren gehen sollte.

Filippo Bellandini, 72 Jahre, Diagnose Alzheimer.

Wo bin ich hier?

Eine ganz typische Frage unter derartigen Umständen.

Sehen Sie genau hin, auf dem Armband steht eine Adresse. Dort müssen Sie mich melden, als vermisst oder entlaufen. Genauso, als würde jemand Ihren geliebten Hund wiederfinden.

Vor Filippo steht eine alte Schreibmaschine, ein italienisches Modell aus dem Jahr 1976. Nach all der Zeit ist der Lack an einigen Stellen abgeplatzt. Schwester Sara hat Filippo gebeten, etwas aus seinem Gedächtnis aufzuschreiben, ganz egal was. Hier nennen sie es *Erinnerungsarbeit*, angeblich eine große Hilfe im Kampf gegen das Vergessen. Schwachsinn, denkt Filippo noch immer. Er mag Schwester Sara sehr, sie ist fast so etwas wie eine Tochter für ihn. Will er diesen Kampf wirklich aufnehmen? Wozu zum Teufel soll man sich Notizen über etwas machen, an das man sich vielleicht gar nicht mehr erinnern kann? Oder erinnern *will*? Manche Dinge im Leben gehen niemanden etwas an, erst recht nicht eine Handvoll fremder Menschen, die einen baden und füttern müssen, wenn man selbst nicht mehr dazu fähig ist.

Schwester Sara hat schon mehr als einmal mit Filippo vor der Schreibmaschine gesessen. Er solle spontan sein, sagt sie immer. Die Gedanken einfach fließen lassen und sie anschließend zu Papier bringen. Es ist denkbar einfach. Nach menschlichem Ermessen ebenso einfach wie der Gang zur Toilette, bei dem ihm immer jemand zusieht und wartet, bis auch hier etwas fließt. Solche Dinge machen ihn wütend, so wütend, dass er am liebsten um sich schlagen will. Dann bekommt niemand seine Finger auch nur in die Nähe der Tasten, auch Schwester Sara nicht. Für gewöhnlich genießt Filippo ihre Fingerspitzen auf seiner Haut. Dieser kurze, zarte Schmerz. Wie ein warmer Luftzug, der durch das Fenster eindringt und auf seinem Körper zurückbleibt.

»Heute werden wir es wieder versuchen«, sagt Schwester Sara und setzt sich neben Filippo an den Tisch vor die Schreibmaschine. Sie weiß, wie sie sich bei ihm durchsetzen muss. Das Hirn müsse vor dem völligen Einfrieren bewahrt werden, sagt sie. Später wird sie sich für ihre Ausdrucksweise entschuldigen, aber manchmal muss sie einfach so mit ihm reden, damit Filippo es versteht. Das große Ganze, wie sie es nennt.

»Schreiben Sie etwas, an das Sie sich gern erinnern. Vielleicht aus Ihrer Kindheit, wenn Sie mögen. Sie können es mir auch einfach nur erzählen, wenn Ihnen das lieber ist.«

Filippo ist mit Schwester Saras Vorschlag einverstanden. Sie belohnt ihn mit einem Lächeln, von dem er annimmt, es sei wärmer als der wärmste Sonnenstrahl es jemals hätte sein können.

Das Jahr 1944. Erinnerungen an das kleine Dorf in der Toskana, an ihr Haus, an seine Eltern. Und natürlich an Giulia, Filippos erste Liebe aus Kindertagen. Damals war er sieben Jahre alt gewesen, sie kaum älter.

»Wir haben draußen im Wald gespielt. Dort haben wir die drei toten Soldaten gefunden. Sie trugen Pistolen an ihren Gürteln, Patronen lagen überall verstreut herum. Ein paar davon habe ich mitgenommen, aber Giulia hat das nicht gefallen.«

Schwester Sara nickt.

»Vermutlich hatte sie auch recht damit.«

»Dabei war ich doch so stolz auf meinen Fund. In der Schule hätte ich damit ein König sein können. Mein Vater hat mir die Patronen noch am gleichen Abend weggenommen. Ich hätte so was nicht einfach wie einen Stein aufheben und mir nichts dir nichts mitnehmen dürfen, hat er gesagt. Nur unser Nachbar Flavio hat sich dafür interessiert, sonst niemand. Mein Vater hat uns verboten, weiter davon zu sprechen. Die Toten seien Deutsche, hat er gesagt, und solange es mit ihnen noch Frieden gebe, würde es keinem aus unserem Dorf etwas nützen, wenn man ständig darüber redet.«

Wieder nickt Schwester Sara.

»Erzählen Sie weiter.«

Die Tränen in seinen Augen bemerkt sie nicht.

»Am nächsten Morgen habe ich mit meinem Vater die Messe besucht.« Filippos Stimme zittert. »Wir haben gesungen, dann ..., dann hörten wir unten im Dorf die Schüsse. Sie haben die Frauen geholt. Sie haben sie auf dem Marktplatz zusammengetrieben und sie gezwungen, sich vor ihnen auszuziehen. Kein

11

einziges Kleidungsstück durften sie anbehalten, sogar die Kopftücher haben sie ihnen runtergerissen.«

Filippo weint leise, Tränen laufen über seine Wangen.

»Mein Vater wollte eingreifen, als er unter den Frauen meine Mutter erkannte und zu ihr lief. Zwei Schüsse trafen ihn in den Kopf, noch bevor er den Marktplatz überhaupt erreichen konnte. Dann habe ich meine Mutter ein letztes Mal schreien gehört.«

Schwester Sara schluckt. Nicken kann sie diesmal nicht.

»Was haben Sie dann gemacht?«

Filippo wischt sich mit der Hand über das verheulte Gesicht.

»Ich bin in den Wald gelaufen, einfach so. Umgedreht habe ich mich nicht mehr. Sie konnten mich nicht fangen, ich war viel zu schnell für sie. Über mehrere Stunden muss ich durch den Wald geirrt sein, bis mich eine alte Frau gefunden und mir einen Platz zum Schlafen gezeigt hat. Sie lebte in einer heruntergekommenen Hütte, vor vielen Wochen sei sie hierher geflüchtet. Ich weiß nicht mehr, wie ich damals einschlafen konnte, aber als ich wieder aufgewacht bin, stand da auf einmal dieser Soldat in der Hütte. Er hat die Frau mit einem Messer bedroht. Er war einer der Männer auf dem Marktplatz, an sein Gesicht konnte ich mich ganz genau erinnern. Immer wieder hat er die Frau geschlagen, dabei muss er wohl seine Pistole verloren haben. Er hat nicht gemerkt, wie ich sie aufgehoben und damit auf sein verdammtes Gesicht gezielt habe. Er hat nur darüber gelacht. Dann hatte er plötzlich dieses Loch zwischen seinen Augen.«

Schwester Sara holt ein Taschentuch hervor, hält es Filippo an die Wange. Es fängt die letzten Tränen auf. Er muss nicht mehr weitererzählen, für dieses Mal erlöst sie ihn von seinem Leid.

»Warum kann meine Krankheit diese schrecklichen Erlebnisse nicht einfach auslöschen?«, fragt er.

Schwester Sara schüttelt den Kopf. Sie weiß es nicht, gibt sie zu, sie hat keine Antwort auf diese Frage. Für heute ist es jedenfalls genug mit der Erinnerungsarbeit.

2

Die Luft in Francos Wagen ist feucht und eigentümlich heiß. Moleküle stehen in Reih und Glied, eine unsichtbare Armee. Keine Bewegung, keine Befehle. Er lässt die Scheibe herunter, die Anordnung bricht kaum vernehmbar in sich zusammen, der Sog der äußeren Luft reißt alles ins Freie.

Seitdem Franco die Autobahn verlassen und sich stattdessen für eine vereinsamte Landstraße entschieden hat, bettelt die Klimaanlage förmlich darum, von ihm abgeschaltet, oder besser noch, *erlöst* zu werden. Der Schalter steht auf der höchsten Stufe, aber dieser Kampf scheint längst verloren.

Es ist der letzte Freitag im Mai, die Sonne bezwingt den höchsten Punkt am Himmel, die geduldigen Zypressen am Straßenrand werfen die einzigen Schatten. Vor zwei Stunden ist Franco in Rom losgefahren, mitten durch die sonst so volle Innenstadt. Um diese Tageszeit war es zu seiner Überraschung erträglich gewesen. Seit seiner Abfahrt spielt das Radio nur noch ein wenig aus der Mode geratene italienische Schlager. Zugegeben, Franco ist kein Freund dieser Musik, im Grunde genommen hasst er sie sogar. Unter allen möglichen Radiosendern hat er gerade diesen ausgewählt wegen der stündlichen Nachrichtensendungen, die erfreulich nüchtern und authentisch präsentiert werden. Die Stimme der Moderatorin klingt jung, ihren Akzent kann er nicht zuordnen. Vermutlich stammt sie gar nicht aus Italien. Nach jedem Song verliest sie kurze Botschaften ihrer Hörer in die Welt: Dank, Schmerz, Liebe, alles ist dabei. Alles, nur nicht die wichtigen Dinge des Lebens, denkt sich Franco.

Unter seinem Wagen hört er das Scheppern des Gerölls, das fast schon rhythmisch und damit irgendwie passend zur Musik gegen das Bodenblech schlägt. Zurück in Rom wird er eine Werkstatt aufsuchen müssen, ein Mann in einem ölverschmierten Overall wird ihm eine überteuerte Rechnung unter die Nase halten, und die Versicherung wird, wie immer in solchen Fällen, nicht einspringen.

Im letzten Jahr hatte es keinen so heißen Mai gegeben, an manchen Tagen hatte es sogar geregnet. Während der Fahrt denkt Franco an den Abend vor seiner Abreise, daran, warum sich die Dinge derart gegen ihn verschworen haben. Die Erinnerung wird zur Präsenz des Augenblicks.

Er erinnert sich an die Schweißperlen, die seine blasse Stirn bedeckten, lautlos über seinen Nasenrücken liefen und auf sein weißes Hemd tropften. Sie werden Flecken hinterlassen, dachte er, so ging diese Sache immer aus. Spätestens im grellen Licht der Bühnenbeleuchtung würde es den Leuten auffallen, so oder so.

Franco hat sich in seiner Garderobe eingeschlossen, im besten Fall fünf Quadratmeter, mit gutem Willen vielleicht auch sechs. Durch die Tür kommt niemand, wenn er es nicht will. Das Gemurmel der zahllosen Gäste, die auf den Gängen des *Teatro del Festival* hin- und herlaufen, kann aber auch sie nicht aufhalten.

Franco steht vor einem mannshohen Spiegel, kneift die Augen zusammen. Er greift in die Tasche seines Jacketts, holt ein Handy hervor und überlegt einen Augenblick lang. Was hätte er Gianna jetzt noch sagen sollen, so kurz vor dem Auftritt? Der Abend verläuft bisher wie immer, die Anspannung steigt von Minute zu Minute, keine außergewöhnlichen Zwischenfälle. Gianna weiß Bescheid, Franco hat sie über alles informiert. Ein ignorierter Anruf mehr oder weniger, was macht das schon für einen Unterschied, denkt er sich. Er schaltet das Handy ab und wirft es vor sich auf den Tisch zwischen lose herumliegende Notenblätter. Ein letzter Blick in den Spiegel, auf die dunkelrote Fliege um seinen Hals, dann zur Garderobentür.

Draußen auf dem Gang ziehen die Musiker wie eine aufgescheuchte Viehherde an Franco vorbei. Einer der Violinisten lächelt ihm zu, aber er lächelt nicht zurück. Vielleicht sollte er es tun, denkt er. Aber jetzt mal im Ernst, es wäre nicht ehrlich. Flüchtig verzieht er einen Mundwinkel und wischt sich über das schweißnasse Gesicht. Ein zweiter Kollege, diesmal der füllige Mann an der Harfe, kommt auf ihn zu und klopft ihm auf die Schulter.

»Wir schaffen das schon.«

Man muss Entschlossenheit heucheln, denkt Franco, so wie vor jedem Konzert.

Durch die Dunkelheit tritt er hinaus in das helle Licht der Scheinwerfer. Die erste Reihe im Saal beginnt zu applaudieren. Jeder Musiker sucht sich seinen Platz, die meisten haben ihn schon gefunden, bereit für den ersten Takt. Ein letzter, tiefer Atemzug, bevor die Musik einsetzt, und mit ihr Francos trauriger Gesang.

Es wird spät, bis er endlich vor der Tür seiner Wohnung steht und aufschließt. Der Wunsch nach einer kalten Dusche und einem warmen Bett. Die Nacht ist schwarz und still, morgen früh kann man alles in der Zeitung lesen. Auf der Kommode im Flur wartet das in graues Eisen gerahmte Bild seiner jungen Mutter auf ihn, die Frau, die er nie kennenlernen durfte. Sie wäre wahrscheinlich der einzige Mensch gewesen, der Franco und das, was er ist, jemals wirklich verstanden hätte. Eine Ratgeberin, Zuhörerin. Fast eine Befreierin.

Oben an der Treppe zum Schlafzimmer hat sich Gianna postiert, ihr feingliedriger Körper ist in ein weißes Nachthemd gehüllt, ihr schwarzes Haar trägt sie zu einem Pferdeschwanz zusammengebunden.

»Wie war das Konzert?«

»So wie immer. Du hättest ja mitkommen können.«

»Du hast mich noch nie ernsthaft gefragt, und wenn doch, dann würde es mir bestimmt einfallen.«

Zu den meisten seiner Konzerte geht Franco allein, was für ihn nicht weiter ungewöhnlich ist.

»Der liegt schon fast eine Woche hier herum«, sagt Gianna. Sie hält einen weißen Briefumschlag in der Hand. »Er scheint dich nicht besonders zu interessieren.«

»Von wem ist er denn?«

Gianna zeigt auf den Absender.

»Vom Heim.«

Franco geht ihr entgegen, nimmt ihr den Umschlag aus der Hand, reißt ihn auf und liest. Er müsse sofort ins Heim kommen, heißt es in dem Brief, ohne weiteren Aufschub. Alles andere würde die Situation nur verschlimmern. Was könnte hier noch verschlimmert werden, denkt Franco.

»Was willst du jetzt tun?«, fragt Gianna.

»Na was glaubst du denn, was ich tun werde? Natürlich werde ich hinfahren müssen.«

»Er ist immerhin dein Vater.«

»Ich weiß nicht, ob mir das als Grund wirklich reicht«, beendet Franco die Unterhaltung schließlich.

Er faltet den Brief so gut es geht wieder zusammen, lässt ihn auf den Boden fallen und drängt sich an Gianna vorbei ins Schlafzimmer.

Irgendwann wird sie schon nachkommen.

Das tut sie immer.

Soweit die Erinnerung. Nach einer scharfen Kurve hält Franco den Wagen an und steigt aus, die Tür lässt er offen. Er holt eine Karte aus dem Handschuhfach und breitet sie auf der Motorhaube aus. Den größten Teil der Strecke hat er bereits in Rom eingezeichnet, das letzte Stück durch das Chianatal bis nach Lucignano will er auf eigenes Risiko fahren. Mit einem roten Stift zieht er einen Kreis um die kleine Stadt, dann legt er die Karte einigermaßen lesbar auf den Beifahrersitz, steigt wieder in den Wagen und lässt den Motor aufheulen.

Nach zehn Minuten erklärt ihm ein verrostetes Schild am Straßenrand, dass er sich ganz in der Nähe von Lucignano befinden muss. Hinter einer Hügelkuppe tauchen im Sonnenlicht die Mauern der Stadt auf, die Straßen sind kreisförmig angelegt und führen direkt ins Zentrum, über dem sich der hoheitsvolle Kirchturm in den Himmel reckt. Dieser Ort ist nicht das eigentliche Ziel seiner Reise, aber Franco hat sich vorgenommen, trotzdem nach einer Unterkunft für das Wochenende zu suchen.

Die letzte Wohnung seines Vaters haben sie innerhalb von zwei Tagen ausgeräumt. Die Umzugsfirma hat die übriggebliebenen Möbel schnell verkauft, den Erlös im Gegenzug für ihren eigenen Aufwand einbehalten. Ein lohnendes Geschäft für beide Seiten.

Den Brief vom Heim hat Franco mitgenommen,

als letzter noch lebender Verwandter seines Vaters hat er sich jedoch nie ernsthaft für ihn verantwortlich gefühlt. Das tut er auch jetzt nicht. Eltern dressieren ihre Kinder, die Kinder werden erwachsen und dressieren ihre eigenen Kinder. Nicht mehr und nicht weniger.

Manchmal, wenn die Nacht kalt und sein Bett leer ist, erscheinen ihm blasse Erinnerungen in seinen Träumen. In seiner Kindheit sind sie oft ans Meer gefahren und haben Eis in einer Strandbar gegessen. Nach der Schulzeit ist Franco lieber allein dorthin gefahren, wenn er es überhaupt einmal getan hat. Heute, dreißig Jahre später, kauft er sich sein Eis selbst, bezahlt mit seinem eigenen Geld, die Euphorie von damals ist verschwunden.

3

Auf einer Hochebene zwischen den Bergen liegt das Heim, Zypressen um das Gebäude herum lassen es einsam aussehen, abseits der Zivilisation. Auf den letzten Metern des Feldwegs, der direkt zum Heim führt, bemerkt Franco einen weißen Motorroller, darauf eine junge Frau in blauen Jeans und roter Bluse. Mühsam kämpft er sich der Roller den Berg hinauf. Franco gibt Gas, lässt den Motor aufheulen, dann zieht er an dem Roller vorbei, bis er nur noch die erhobene Faust der jungen Frau im Rückspiegel sieht. Sie brüllt ihm Flüche, Schimpfworte, Hasstiraden hinterher, nichts davon interessiert ihn.

Franco parkt den Wagen direkt vor dem Heim neben einer kurz geschnittenen Hecke. Auf den ersten Blick sieht hier alles gepflegt aus, beinahe einladend. Vorausgesetzt natürlich, man hat gute Gründe dafür, länger als nötig an diesem Ort zu bleiben. Jedes Zimmer verfügt über einen Balkon mit zwei bepflanzten Blumenkübeln, unten auf dem Steinboden stehen runde Metalltische mit weißen Decken, Korbsessel, dazwischen alte Weinfässer, in denen rote und weiße Rosen gedeihen.

An einem der Tische sitzen zwei weißhaarige in eine Schachpartie vertiefte Männer, die Köpfe gesenkt, die Blicke hängen an den Figuren auf dem Schachbrett. Franco fragt sich, wie sie es fertigbringen, die winzigen Figuren auseinanderzuhalten. Und das in ihrem Alter, denkt er. Mit zittrigen Fingern greift einer der Männer nach dem König des anderen und stößt ein lautes Lachen aus.

»Schach matt, mein Freund«, ruft er freudig erregt, während sein ganzer Körper schaukelt.

Seinem Mitspieler zieht es die Mundwinkel nach unten, die Enttäuschung über die Niederlage steht ihm ins zerfurchte Gesicht geschrieben. Franco lächelt unbeholfen, überlässt die Männer ihrem Spiel und geht.

Er betritt das Heim durch den Haupteingang, vor einer ausladenden Marmortafel bleibt er stehen. Sie erklärt ihm alles ganz genau: ein Treppenhaus mit einem Aufzug in der Mitte, ein Gymnastikraum im Erdgeschoss, ein Aufenthalts- und Fernsehraum, ein großer Speisesaal für die Bewohner und das Pflegepersonal, zwei Büros, zwei Verwaltungsräume und eine eigene Praxis mit medizinischer Ausstattung für die Heimleitung. Im Obergeschoss sind die Bewohner untergebracht, jeder von ihnen mit eigenem Zimmer und eigenem Bad. Das Untergeschoss teilt sich auf in eine Vorratskammer mit Kühlraum für die Lebensmittel, eine Wäscherei und einen verschlossenen Raum für Medikamente. Mit einer Küche samt Speiseaufzug zum Erdgeschoss und einer Werkstatt für den Hausmeister schließt sich hier der Kreis. Hinter dem Haus liegt ein Garten mit einer breiten Terrasse, sogar Ställe für Enten und Gänse finden dort ihren Platz. Neben dem Plan verharrt ein weiteres Schild, auf dem die gesamte Heimhierarchie verzeichnet ist: *Doktor Emilio Colei - Chefarzt und Heimleiter*. Dann geht es auf die gewohnte Art und Weise weiter: die Pflegedienstleitung, die technische Leitung, die Küchenleitung. Als letztes Glied in der Kette das Pflegepersonal und die Krankenschwestern. Hier möchte man nicht einmal begraben liegen, selbst wenn man an einem anderen Ort als diesem gestorben ist, denkt Franco.

Hinter einer Glasscheibe auf der gegenüberliegenden Seite hat sich eine Frau mittleren Alters verbarrikadiert, sie wirft Franco einen auffordernden Blick zu. Er folgt dem Weg ihrer aufgerissenen Augen, geht auf sie zu und stellt sich vor, worauf sie zu seiner Überraschung das Gleiche tut. Er werde bereits erwartet, informiert sie ihn. Sie wählt eine Nummer auf ihrem Telefon, das Gespräch ist nur von kurzer Dauer.

Ein Mann in einem grünen Overall und einem gelben Schild auf Brust und Rücken betritt das Heim, auf seinen Schultern ruht ein mit Wasser gefüllter Plastiktank, dessen Inhalt bei jeder Bewegung des Mannes ins Schwanken gerät.

»Wo steht Ihr Wasserspender, Signora?«, fragt er die Frau hinter der Scheibe.

Sie steht auf und weist ihm mit einer Mischung aus hilfloser Zeichensprache und einer Handvoll verlässlicher Worte den Weg.

Fünf Minuten später erscheint Doktor Colei am Empfang. Er schüttelt Franco die Hand und entschuldigt sich für seine Verspätung.

»Buon Giorno«, sagt er mit fester Stimme, »Sie müssen Franco Bellandini sein. Ich bin Doktor Emilio Colei, der Leiter dieser Einrichtung.«

»Na schön«, sagt Franco, »dann kennen wir uns ja jetzt.« Er ist ein wenig ungehalten, versucht gar nicht erst, es zu verbergen. »Erklären Sie mir bitte, warum ich so schnell herkommen sollte, und was daran so verdammt wichtig sein soll.«

Doktor Colei ist ein stämmiger Mann in den Fünfzigern, seine grauen Haare und der dazu passende graue Vollbart lassen ihn nur allzu gewöhnlich erscheinen. Er trägt einen weißen Kittel, in seiner Brusttasche stecken ein Kugelschreiber und eine Stiftlampe. Unter dem Arm klemmt eine gelbe Akte mit Informationen über die Bewohner. Eine endlose Aufzählung von Krankheiten, Altersbeschwerden und den anderen üblichen Symptomen, und immer auch etwas Endgültiges, so viel ist sicher.

»Am besten gehen wir gleich nach hinten in mein Büro«, schlägt Doktor Colei vor, »dort können wir uns ungestört unterhalten.«

Franco nickt und folgt dem Arzt in einen hellen Raum am Ende des Gangs. Das klassische Weiß an allen vier Wänden, eine anatomische Schautafel, ein Kalender mit Bildern aus Neuseeland. Auf dem Schreibtisch liegen verschiedene Patientenakten und andere ärztliche Unterlagen. Die Schublade mit der Bewohnerkartei ragt offen aus einem Aktenschrank hervor.

»Bitte setzen Sie sich«, sagt Doktor Colei und zeigt auf den Stuhl vor seinem Schreibtisch.

Franco nimmt Platz, sein Blick fällt auf das zuvor übersehene Aquarium, das neben der Tür auf einer Anrichte steht. Eine Schar Kupferskalare zieht ihre Kreise durch das Glas, die Fotografie eines Korallenriffs an der Rückwand gaukelt einen größeren Lebensraum vor. Was für eine Augenwischerei, denkt Franco. Den Fischen wird es mit ziemlicher Sicherheit egal sein.

»Ich werde Ihnen etwas über unser Haus erzählen«, sagt Doktor Colei.

Franco lehnt sich in seinem Stuhl zurück. Was wäre es für eine Unart, gleich am ersten Tag schon uninteressiert und teilnahmslos zu erscheinen.

»Eigentlich heißt unser Heim *Ospizio Felice*, aber der Name taucht heute nirgendwo mehr auf. Das Haus wurde 1959 erbaut, damals hatten wir nur zwölf Zimmer, die Kosten trug ein Mann namens Abelardo Felice. Er war ziemlich reich und hat sich besonders um soziale Angelegenheiten gekümmert. Allerdings war er kein gebürtiger Italiener.«

»Sondern?«, fragt Franco.

»Er war ein Deutscher, der später nach Italien ausgewandert ist und sich einen neuen Namen zugelegt hat. Das war für uns nicht weiter schlimm, niemand hier hat sich für seine Vergangenheit während des Krieges interessiert. Vielleicht wollte er einfach nur Buße tun, wer weiß das schon.«

Warum sollte es überhaupt jemanden interessieren, denkt Franco. Kriegsverbrecher zahlen immer, so oder so. Wenn er denn einer war.

»Nach seinem Tod wurden acht weitere Plätze eingerichtet, aber inzwischen ist der Staat für das alles hier verantwortlich.«

»Interessant«, sagt Franco, nicht ohne offensichtlichen Zynismus. »Jetzt würde ich aber wirklich gerne wissen, warum ich hier bin.«

Doktor Colei richtet sich auf und beugt sich über den Tisch hinüber zu Franco.

»Könnten Sie sich vorstellen, für ein paar Tage hier bei uns zu bleiben? Natürlich nur als Gast, aber das versteht sich ja von selbst.«

»Warum sollte ich das tun?«

»Es geht um Ihren Vater. Und um seine Krankheit. Eigentlich verläuft alles normal, aber da sind noch einige bürokratische Fragen zu klären. Aus diesem Grund habe ich Sie gebeten, persönlich zu uns zu kommen.«

Franco schüttelt den Kopf.

»Ich verstehe nicht ganz. Erst schicken Sie mir diesen Brief, mit dem ich nichts anfangen kann, und dann soll ich sofort zu Ihnen kommen und jetzt auch noch bleiben? Wie in aller Welt stellen Sie sich das vor? Das alles hätten Sie mir schon am Telefon sagen können, dann würden wir uns das hier ersparen.«

Für gewisse Angelegenheiten müsse Franco persönlich anwesend sein, klärt Doktor Colei ihn auf, telefonisch sei dies nicht möglich. Der Krankheitsverlauf mache ein Gespräch notwendig, darauf besteht Doktor Colei im Besonderen. Er spricht von einem Kriegstrauma und dessen möglichen Langzeitfolgen, von Störungen der Psyche durch außergewöhnliche Belastungen. Dinge, die Franco nur schwer oder gar nicht verstehen kann.

»Haben Sie mit Ihrem Vater jemals über seine Zeit im Krieg gesprochen?«, fragt der Arzt.

»Nein, nie. Wir hatten schon immer ein schwieriges Verhältnis, da war kein Platz für den Krieg.«

Doktor Coleis Diagnose zieht Franco den Boden unter den Füßen weg.

»Sein Zustand könnte ebenso gut ein Zeichen von Hilflosigkeit sein. So etwas erleben wir oft bei Alzheimerpatienten, die ihre Angehörigen nicht überfordern wollen. Ich kann Ihnen versichern, dass wir alle notwendigen Tests bei Ihrem Vater machen werden.«

Franco malt sich aus, wie derartige *Tests* aussehen könnten. Weit kommt er damit nicht.

»Warum sollte es ausgerechnet Alzheimer sein?«

»Genau an diesem Punkt kommen Sie ins Spiel. In einem solchen Fall reicht die Medizin nicht aus, hier brauchen wir echte Menschen.«

Was seid ihr doch für erbärmliche Versager, denkt Franco. Vollkommene Amateure.

»Es wäre schön, wenn Sie für zwei, höchstens drei Tage bei uns bleiben könnten«, sagt Doktor Colei. »Das würde uns und Ihrem Vater wirklich helfen.«

Franco hat keine Zeit für lange Überlegungen. Ein Klopfen an der Tür, eine junge Frau kommt herein. Er kennt sie, die blauen Jeans und die rote Bluse unter dem weißen Schwesternkittel verraten ihm alles. Sie wirft ihm einen flüchtigen Blick zu, der ebenso fasziniert wie gleichzeitig angewidert wirkt. Auch sie weiß genau, mit wem sie es hier zu tun hat.

»Das ist Schwester Sara«, stellt Doktor Colei die junge Frau vor, »der gute Geist unseres Hauses.«

»Ich glaube, wir kennen uns bereits«, sagt Franco. »Wenn auch nur flüchtig«, fügt er noch hinzu.

Die Begegnung ist ihm einigermaßen peinlich. Er sieht Schwester Sara an, erfasst ihren ganzen Körper, ihre Erscheinung, ihr innerstes Wesen.

»Schwester Sara wird Ihnen helfen, ein Zimmer in der Stadt zu finden«, sagt Doktor Colei, die Worte klingen durch sein breites Grinsen wie die eines aufgeregten Kindes.

»Das wird nicht nötig sein, darum kümmere ich mich selbst.«

Franco steht auf, gibt dem Arzt zum Abschied die Hand und drängt sich an Schwester Sara vorbei hinaus auf den Gang.

Sie bleibt noch einen Augenblick in Doktor Coleis Büro. Viel zu lange, denkt Franco draußen vor der Tür. Ich werde auf dich warten.

Ja, ich werde warten.

4

Draußen auf dem Gang ist es nicht gerade still, vielmehr herrscht lebhaftes Treiben. Die Schwestern schieben quietschende Wagen mit Tee und Kaffee vor sich her, die wenigen männlichen Pfleger schleppen frische Handtücher und Bettwäsche zu den Zimmern. Franco entdeckt ein junges Paar, das vergnügt den Gang entlang schlendert. *Sie* hält seine Hand, *er* schaut sie an. Ein dümmliches Lächeln wie aus einem Guss. Ein lästig gewordenes Familienmitglied weniger, denkt Franco. Vielleicht ist es so ja das Beste. Für alle Beteiligten, versteht sich.

Aus Doktor Coleis Büro hört Franco abwechselnd die Stimme des Arztes, dann wieder die von Schwester Sara. Laute Bemerkungen wechseln sich mit leisen ab, worüber genau gesprochen wird versteht er nicht. Um seinen Vater wird es gehen, wegen ihm ist er ja schließlich hier. Wegen ihm hat er diesen Weg auf sich genommen. Wegen ihm hat er jetzt Sara kennengelernt, oder besser gesagt, er hat sie *entdeckt*. Ein kleiner Lichtblick in den Mauern der Verzweiflung, in denen jede Zuversicht nicht mehr ist als der Staub unter den Schuhen.

Gerade will sich Franco auf den Weg zum Ausgang machen, da öffnet sich hinter ihm die Tür, Schwester Sara tritt hinaus auf den Gang. Ihr Kittel steht offen, ihre Wangen sind leicht gerötet. Offenbar ein schwieriges Thema, über das sie sich gerade ausgetauscht haben.

»Sie können Ihren Vater jetzt besuchen, wenn Sie wollen«, sagt sie. »Doktor Colei sieht darin kein Problem. Kommen Sie, ich bringe Sie zu seinem Zimmer.«

»Ist das nicht noch etwas zu früh?«, wirft Franco ein. Hilfe suchend sieht er sich auf dem Gang um.

Schwester Sara zuckt mit den Schultern.

»Es ist Ihre Entscheidung. Aber wenn Sie mich fragen, ist es niemals zu früh, nur vielleicht irgendwann zu spät.«

Wer weiß, was sie damit meint, denkt Franco. Zugegeben, ihr erster Kontakt war nicht gerade der freundlichste, aber ihn für alles verantwortlich zu machen? Schon bei seiner Abfahrt in Rom waren Franco ernsthafte Zweifel an der ganzen Geschichte gekommen, ja sogar beim Öffnen des Briefes hatten ihn die schlimmsten Ahnungen verfolgt. Jetzt ist er hier, und er hat vermutlich keine Wahl.

Schwester Sara hat Franco zu einem Rundgang durch Heim und Garten überredet. Nachdem er alles gesehen und kommentiert hat, stehen sie nun gemeinsam vor einem Zimmer im Obergeschoss. Es ist ruhig, alle sind in ihren Zimmern. Anscheinend schlafen sie, denkt Franco, oder - und das ist die schlimmste aller Vorstellungen -, sie wurden sediert und lösen während ihres Nickerchens schon das Ticket für die letzte große Reise.

Sara legt Franco eine Hand auf die Schulter und sieht ihn an.

»Ich lasse Sie jetzt allein. Bleiben Sie ruhig und regen Sie ihn nicht zu sehr auf, das ist wichtig.«

Franco muss tief schlucken, sein Hals wölbt sich nach vorn.

»Ihr Vater ist ein stiller Mensch, aber das kann sich wegen seiner Krankheit schnell wieder ändern.«

»Wie darf ich das verstehen?«, fragt Franco.

Schwester Sara erzählt ihm etwas über ihren Tagesablauf mit Filippo, und je mehr sie die schönen Erlebnisse mit ihm hervorhebt, desto sicherer fühlt es sich für Franco an. Von Freude kann noch keine Rede sein, aber es ist immerhin ein Anfang.

Sara macht sich auf den Weg, dreht sich noch einmal um. Sie wirft Franco ein Lächeln zu und hält ihren Piepser in die Luft. Immer wird sie erreichbar für ihn sein. Rein beruflich natürlich, alles andere wäre unangemessen.

Franco drückt die Klinke herunter und schiebt die Tür langsam in das Zimmer hinein. Dunkelheit umgibt alles, die weißen Vorhänge sind zugezogen, dazwischen ein einziger, schmaler Lichtstreifen. Fade Luft mischt sich mit einem Hauch von Lavendel, in solchen Fällen soll er angeblich helfen. So hat es Franco zumindest irgendwann einmal gehört. Er geht zum Fenster und zieht die Vorhänge zur Seite. Licht dringt ein und verteilt sich wie das Gift im Körper eines zum Tode Verurteilten im ganzen Raum. Nur mit dem Unterschied, dass Gift in diesem Fall *Leben* bedeutet.

»Was zum Teufel soll das mitten in der Nacht?«

Franco fährt herum, auf der Bettkante sieht er eine ausgemergelte Gestalt hocken. Sie hält ein Buch in der Hand, starrt ihn mit leeren Augen an.

»Es ist helllichter Tag«, bringt Franco reichlich ungeschickt heraus. »In der Nacht würdest du wohl kaum auf dem Bett sitzen und lesen.«

Für einen Augenblick ist Franco überzeugt, dieser Mann auf dem Bett könne jeder beliebige Mann auf der Welt sein. Jeder, aber ganz gewiss nicht sein eigener Vater. Der Mann trägt einen gestreiften Schlafanzug, der mehr nach Gefängnis als nach einem Heim aussieht. Das kann man sehen, wie man will, denkt Franco. Die Knöpfe des Oberteils haben sich an mehreren Stellen in die falschen Knopflöcher verirrt, die Hosenbeine stecken in grauen, löchrigen Socken. Die weißen Haare sind völlig zerzaust, wollen in alle Himmelsrichtungen fliehen. Überall hin, nur nicht zurück auf seinen Kopf.

»Tja«, sagt Filippo, »ich fürchte, mit dem Lesen hast du wohl recht.«

Er versucht zu lächeln. Das geht eine Weile gut, bis er merkt, wer ihn da gerade gestört hat.

»Ciao, Papa«, sagt Franco, während er seinen Vater zumindest in Gedanken umarmt. Er deutet auf das blaue Armband. »Was ist das?«

»Das ist gar nichts. Ich muss das tragen, so wie ein Brief immer eine Adresse tragen muss, verstehst du? Irgendwann müssen die mich ja zurückschicken, wenn ich fort bin.«

Franco sieht sich in dem Zimmer um, an der Wand hängt ein grünes Gebirgsjägerhütchen mit gelbem Halstuch. Über dem Bett verschiedene Bücher auf einem Regal: eine Bibel, ein Buch über die Resistenza, ein Bildband über griechische Mythologie. Wozu ein verwirrter Geist gerade noch fähig ist.

Im Schrank neben Filippos Bett stapelt sich schmutzige Wäsche. Zu Francos Erstaunen sind alle Kleidungsstücke fein und ordentlich auf schmale Häufchen sortiert. Am Fußende des Bettes steht ein kleinerer Schrank, die Tür zur Wand gerichtet.

»Was hat das zu bedeuten?«

»Da ist der ganze Papierkram drin«, sagt Filippo. »Ich will das Zeug nicht mehr sehen, all diese Unterlagen mit den schlimmen Wörtern, die sowieso kein Mensch versteht. Am wenigsten ich selbst, obwohl *ich* mich doch damit herumschlagen muss.«

Vater und Sohn sehen sich an.

»Wie gefällt dir mein Zimmer?«, fragt Filippo.

»Naja, es ist ... irgendwie schön.«

Am liebsten würde sich Franco auf die Zunge beißen bei so einer dreisten Lüge. Wieder denkt er an die letzte Wohnung seines Vaters, an die hohen Decken, an die hellen Fenster, den braunen Teppichboden. Es ist ein Ort zum Leben und Atmen gewesen, vielleicht hätte es sogar ein Ort zum Sterben werden können.

»Lüg mich nicht an! Ich sehe doch, wenn du mich anlügst. Das Zimmer gefällt dir nicht, warum sagst du es nicht einfach?«

Franco muss lachen. Für einen flüchtigen Augenblick bemerkt er ein Leuchten in den Augen seines Vaters. Doch schnell ist es damit vorbei, als Filippo plötzlich aufspringt und sich an dem kleinen Schrank zu schaffen macht. Mit aller Kraft versucht er, ihn herumzudrehen. Franco will das nicht mit ansehen, *kann* es nicht, er packt seinen Vater an beiden Armen, hebt ihn hoch und setzt ihn reichlich unsanft wieder zurück auf sein Bett. Filippo protestiert und windet sich aus Francos Griff.

»Ich brauche deine Hilfe nicht!«, schreit er seinem Sohn ins Gesicht, »ich brauche dich hier überhaupt nicht! Geh dahin zurück, wo du hergekommen bist, dann kommt wenigstens niemand zu Schaden!«

Voller Wut hebt Franco die Hand und streckt seinem Vater den Zeigefinger entgegen. Sprachlos ist er jetzt, die Worte, nach denen er sucht, bleiben ihm im Hals stecken.

Vor Filippos Tür steht Schwester Sara, gerade rechtzeitig. Franco tritt wutschäumend aus dem Zimmer. Sie weiß genau, was jetzt kommt.

»Sie sind mit der Situation überfordert, aber das ist

ganz normal«, sagt sie.

Franco schnappt nach Luft.

»Er macht mir Angst. Er oder sein Leiden. Ich weiß nicht, was davon schlimmer ist.«

Sara schiebt alles auf die Krankheit, etwas anderes bleibt ihr in diesem Fall nicht.

Franco schüttelt den Kopf.

»Es geht hier um die Familie«, sagt er. »Es geht immer um die Familie.«

Franco genießt den bitteren Geschmack des Tabaks, seine erste Zigarette seit zwei Tagen. Die Luft draußen vor dem Eingang ist warm, sie streicht um das Gebäude wie ein Obdachloser um eine einsame Mülltonne. Er lässt den Blick über die Landschaft wandern, beobachtet die Vögel in den Bäumen, die Rinder auf den Wiesen, die Bauern, wie sie mit ihren schweren Traktoren die Felder umgraben. Der Kreislauf des Lebens endet hier oben auf diesem Berg, denkt er, in diesem Heim, in diesem winzigen Zimmer auf der oberen Etage. Und wenn am Ende nichts mehr übrigbleibt, dann wird man wieder zu dem, was gerade da unten zwischen die Reifen der Traktoren gerät.

»Kann ich vielleicht auch eine haben?«

Franco hört Saras Stimme hinter seinem Rücken. Er zieht die Schachtel aus seiner Hosentasche und hält sie Sara entgegen, dazu passend Feuer.

»Das Zeug ist verdammt ungesund, aber wem sage ich das.«

Sara lächelt ihn an.

»Ich habe gehört, dass Menschen mit Alzheimer gewalttätig werden können«, sagt Franco. »Sie schlagen sogar ihre eigenen Verwandten.«

»Das ist leider wahr«, bestätigt Schwester Sara. »Solche Reaktionen kommen gelegentlich vor, aber Sie dürfen das nicht überbewerten. Die Persönlichkeit verändert sich, man wird misstrauisch gegen alles und gegen jeden.«

Sara erzählt Franco von speziellen Medikamenten und Therapieformen, sogar Musik sei als Unterstützung möglich.

»Musik kann manchmal helfen«, sagt Franco, »aber ganz bestimmt nicht immer.«

Er sinniert über den letzten Abend, über sein Konzert, den Streit mit Gianna.

»Es gibt andere Gründe für sein Verhalten, glauben Sie mir, Schwester. Dabei wird die Musik wohl kaum irgendwelche Wunder bewirken können.«

Franco lässt den Zigarettenstummel auf den Boden fallen, drückt ihn mit seinem Schuh aus. Dann geht er zu seinem Wagen, steigt ein und fährt davon.

5

Nach den zuvor gesammelten Informationen liegt Lucignano nicht mehr als einen Kilometer entfernt vom Heim. Franco wird hierbleiben, fürs Erste jedenfalls. Er wird sich mit der Situation arrangieren, den Anforderungen entgegentreten, die man ihm unfreiwillig aufgezwungen hat. Anders lässt es sich kaum beschreiben, wenn ein alter Mann mit Löchern im Hirn plötzlich vor einem steht - oder besser gesagt, gestellt worden ist -, und man selbst ist dazu da, diese Löcher zu stopfen. Die Familie ist alles, und alles ist die Familie. So ähnlich könnte es aussehen, abgesehen von ein paar anderen wichtigen Dingen. Alzheimer ist wichtig, für Franco aber nicht wichtig genug.

Die kantigen Häuser und den alles überragenden Kirchturm hat Franco vom Fenster seines Vaters aus sehen können. Lucignano ist geradezu ein Paradies für Touristen und Besucher aus aller Welt, und folgerichtig ist es auch ein zweckmäßiger Ort, um hier zwei, vielleicht wenn nötig auch drei Nächte zu verbringen.

Auf dem Marktplatz bringt Franco den Wagen zum Stehen und macht sich zu Fuß auf den Weg in die Innenstadt. Er durchquert enge Gassen, in denen schwerfällige Blumenkübel vor den Haustüren stehen und volle Wäscheleinen von einem Fenster zum anderen gespannt sind, so voll, dass sie schon bedenklich durchhängen. Vor der ersten Pension, die er in einer Seitenstraße findet, bleibt Franco stehen. Darin beobachtet er eine stämmige Frau, sie dreht das Schild an der Glastür von *Geschlossen* auf *Geöffnet* um. Von einem Ohr zum anderen grinst sie, als sie Franco sieht, dann öffnet sie ihm die Tür.

»Buon Giorno, Signore«, flötet sie und umarmt ihn wie ihren eigenen Sohn. Italienische Mentalität eben, nicht weiter verwunderlich. Wir alle sind Freunde.

»Treten Sie ein und trinken Sie einen Espresso mit uns.«

Sie zeigt auf einen beleibten Mann hinter dem Tresen, der ohne Zweifel *ihr* Mann sein muss.

»Eigentlich bin ich ja gerade nur auf der Suche nach ...«

»Keine Ausreden, Signore«, schneidet sie Franco das Wort ab. »Luca wird Ihnen den Espresso gleich bringen.«

Mit der Geste eines Feldwebels scheucht sie ihren Mann in die Küche, ohne Widerworte verlässt er den Raum. Alle Achtung, denkt Franco, sie hat ihn wirklich gut erzogen.

Kurze Zeit später kehrt der Mann mit zwei winzigen Tassen zurück und stellt sie auf den Tisch, an dem seine Frau bereits Platz genommen hat und jetzt auch Franco in ähnlicher Weise zu sich zitiert.

»Nun, Signore, was können wir für Sie tun?«, fragt sie, bevor sie die Tasse an ihre breiten Lippen setzt und den Espresso in einem Zug ausschlürft.

»Ich suche ein Zimmer, aber nur für zwei oder drei Tage«, sagt Franco. Noch traut er sich nicht an den Espresso heran.

»Ich fürchte, da muss ich Sie leider enttäuschen«, sagt die Frau. »Wegen des Blumenfestes am Sonntag sind alle Zimmer belegt, es tut mir wirklich leid.«

In Rom kennt jedes Kind die *Maggiolata*, wie das Blumenfest von Lucignano im Volksmund genannt wird. Franco muss der Wirtin gestehen, er habe in keinem Augenblick daran gedacht. Jedes Jahr im Mai findet das beliebte Fest statt, man schmückt sämtliche Ecken des Dorfes mit Blumen und fährt in kitschig verzierten Wagen durch die Straßen. Vielleicht sollte er besser wieder nach Rom zurückfahren, denkt Franco, zur Not könnte er auch im Auto schlafen. Das alles ist besser, als hier inmitten einer Horde Feierwütiger auszuharren.

»Sie sind doch nicht wegen der Maggiolata hier, Signore. Das habe ich Ihnen schon angesehen, als sie noch draußen vor der Tür standen.«

»Wo sonst könnte ich hier ein Zimmer bekommen?«, lenkt Franco ab.

Erneut setzt die Wirtin ihr eigentümliches Grinsen auf.

»Wie wäre es, wenn Sie einfach bei mir schlafen,

Signore? Mein Zimmer ist gleich hier über der Pension, das Bett ist breit und warm.«

Franco spürt den Ekel, der seinen Rücken hinaufkriecht, über seinen Kopf und sein Gesicht huscht und ihm auch noch die allerletzte Luft zum Atmen nimmt.

»Danke für den Espresso«, sagt er schließlich.

Er steht auf und geht zur Tür. Vielleicht wäre es besser, das Schild an der Tür wieder auf *Geschlossen* umzudrehen, denkt er beim Verlassen der Pension.

6

Die Sache mit dem Zimmer ist erst mal gründlich schiefgegangen, denkt Franco. Er fährt zurück zum Heim, und schon im Wagen fasst er den Entschluss, sich bei Schwester Sara für sein unterkühltes Verhalten zu entschuldigen. *Filippo Bellandini* heißt seine Entschuldigung, oder besser noch: seine Krankheit. Alzheimer ist schuld. Nichts sonst. Einer, vielleicht zwei Gedanken, die nicht zu dem passen, was der alte Mann tatsächlich sagen wollte. Sogleich ist die Verwirrung da, und mit ihr die Schatten unausgesprochener Wahrheiten. Natürlich, so könnte es gehen.

Aus dem geparkten Wagen heraus beobachtet Franco eine alte Frau, die nur mit einem Nachthemd bekleidet auf ihn zukommt. Ihre Bewegungen sind langsam, beinahe katzenhaft, aber für ihr Alter durchaus elegant, fast ein bisschen anmutig. Francos Blicke bleiben an ihr hängen, bis sie neben der Wagentür stehen bleibt. Mit einer kurzen ruckartigen Bewegung reißt sie sie auf, wie selbstverständlich setzt sie sich auf den Beifahrersitz und schlägt die Tür hinter sich zu.

»Sie müssen mich sofort von hier wegbringen, Signore«, stammelt sie und zieht an Francos Ärmel.

Er ist leicht irritiert.

»Wohin in aller Welt wollen Sie denn?«

Die alte Frau zieht ein Foto aus ihrem Nachthemd hervor: ein zerfallener Friedhof in schwarz-weiß, mindestens ein Dutzend verrotteter Grabsteine.

»Bitte, Signore, bringen Sie mich dorthin.«

Die Frau kann nur aus dem Heim kommen, vermutet Franco. Womöglich hat sie bloß die Orientierung verloren, oder noch weitaus Schlimmeres.

»Mein Mann wartet dort schon seit vielen Jahren auf mich, er hat mir eine Nachricht geschickt.«

»Was für eine Nachricht?«, fragt Franco.

»Er ist jetzt bereit, mich zu empfangen.«

Kurz darauf verstummt die Frau für einen Augenblick, fast scheint es, als habe sie aufgehört zu atmen. Ihre Hand sinkt schlaff auf ihren Oberschenkel, das Foto hält sie noch immer fest. Sie dreht ihr Gesicht zum Fenster, Franco sieht nur noch ihren weißen Hinterkopf. Vorsichtig berührt er ihre Schulter, worauf sie erschrocken herumfährt, gefolgt von mehreren beißenden Schreien. Franco will sie beruhigen, lässt von ihrer Schulter ab und redet auf sie ein, will, dass sie schweigt, sich entspannt, wieder zu sich kommt.

»Ich tue Ihnen nichts«, beschwichtigt er die Frau, aber seine Worte erreichen sie nicht einmal ansatzweise.

Die alte Frau schreit noch immer.

Jetzt bleibt nur noch die Flucht, denkt Franco. Er

öffnet die Tür und hechtet aus dem Wagen. Unbeeindruckt bleibt die Frau sitzen, bis endlich zwei Pfleger aus dem Heim gelaufen und auf das Auto zugestürmt kommen. Die Beifahrertür klemmt, gemeinsam müssen sie die Frau wie ein neugeborenes Fohlen aus dem Leib seiner Mutter durch das geöffnete Fenster herausziehen. Die Schreie der alten Frau sind nicht mehr als ein Wimmern jetzt, während sie von den Pflegern zurück ins Heim eskortiert wird.

So also sieht der Alltag hier aus, resümiert Franco und zündet sich eine Zigarette an. Der Rauch wirkt wie ein Magnet, nach dem ersten Zug steht Schwester Sara hinter ihm und bittet erneut um einen der Giftstängel, genau wie vorhin schon.

»Sie glauben nicht, was hier gerade passiert ist«, sagt Franco.

»Ich denke schon. Ich kenne die Frau sehr gut, sowas erleben wir hier fast täglich.«

Franco legt die Stirn in Falten.

»Was denken Sie, wird es denn meinem Vater irgendwann genauso ergehen?«

Schwester Sara beißt sich auf die Unterlippe.

»Auch Elena leidet seit Jahren an Alzheimer, genau wie Ihr Vater. Allerdings ist es bei ihr schon deutlich schlimmer. Da hilft so gut wie nichts mehr.«

Franco zieht es die Organe in seinem Körper der Reihe nach zusammen. Seinem Vater, der nie zuvor auch nur ein einziges Mal in seinem Leben geweint hat, könnte ein ähnliches Schicksal bevorstehen, wenn der schlimmste Fall von allen eintritt. Mit aufgeweichtem Gehirn durch den Rest seines beklagenswerten Lebens taumeln und sich nicht mehr im Klaren darüber sein, wer oder was man eigentlich noch ist, oder eben schon *nicht* mehr ist. Vielleicht hätte er gerade noch die Kraft, seinen Arm zu heben und auf das Bett zu zeigen, aus dem ihn der Tod nach kurzer Leidenszeit abholen kommen könnte.

»Wie sieht es mit einem Zimmer im Dorf aus?«, fragt Schwester Sara.

Franco schüttelt den Kopf.

Da ist diese Sache mit der Maggiolata, von der ihm die liebestolle Wirtin in der Pension erzählt hat. Sara kennt derartige Schwierigkeiten, sie erzählt ihm, dass sie selbst als Blumenmädchen bei dem Fest dabei sein wird. Seit sechs Jahren nun wirft sie von einem der Wagen aus Blumen in die Menge, erntet Komplimente, ja sogar Heiratsanträge hat sie schon bekommen, wie sie sagt.

»Sie können doch bei uns wohnen«, schlägt sie Franco vor. »Wir haben noch ein kleines Zimmer frei, mein Großvater hat früher darin gewohnt.«

Zugegeben, eine Mutter, die täglich für warmes Essen auf dem Tisch sorgt, ein kleiner Bruder, der jeden schon morgens nach dem Aufstehen unterhält, derartige Argumente sprechen eindeutig gegen einen Verzicht. Von ihrem geliebten Vater, bevor der Herrgott ihn zu sich geholt hat, möchte sie ihm lieber in Ruhe vorschwärmen, dafür sei es jetzt noch zu früh. Nun ja, wer will da schon widersprechen, denkt Franco. Schlimmer als bei der Wirtin kann es nicht werden, Hauptsache ein Bett und ein Dach über dem Kopf. Alles andere wird sich ergeben, so wie immer.

7

Am Nachmittag trinken die Heimbewohner Kaffee, verdingen sich bei gemeinsamen Beschäftigungen und unterziehen sich mehr oder weniger notwendigen Untersuchungen. Manche von ihnen suchen noch ein wenig Schlaf vor dem Abendessen.

Filippo steht vor den Gänseställen hinter dem Haus, der Ort, an dem er am liebsten seine Zeit verbringt. Hier kann er ungestört sein, niemand behelligt ihn mit bemitleidenswerten Fragen nach seinem Befinden oder macht ihm Vorschläge, wie er den Rest des Tages sinnvoll verleben sollte. Er hält eine Schüssel mit alten Brotkanten zwischen den Händen und wartet. Worauf er wartet, will ihm nicht einfallen. Er betrachtet das Brot in der Schüssel, die dunkelbraune Kruste, die schwarzen Kümmelkörner zwischen den Teigblasen. Wie schön, dass es noch nicht im Müll gelandet ist, denkt er. Ein Bild aus seiner Kindheit schiebt sich in seinen Kopf: Das letzte Stück Brot muss bis zum Ende des Tages aufgegessen werden, das haben seine Eltern immer gesagt. Wenn die Deutschen kommen, nehmen sie es uns weg, und dann lachen sie laut über uns, mit einem Schmatzen auf den

Lippen. Man darf kein Brot wegwerfen, niemals und zu keiner Zeit, egal, wie hart die Umstände auch sein mögen.

Zum Glück fällt Filippo jetzt wieder ein, worauf er vor den Gänseställen wartet. Es ist die Lösung des Problems, mit dem er immer konfrontiert wird, wenn er vor der Stalltür steht und nicht mehr weiß, wie er sie aufbekommen soll. Normalerweise ist es ganz leicht, man muss nur den hölzernen Hebel wie den Zeiger einer Uhr nach oben schieben und so die Tür entriegeln. Wie oft hat er das schon gemacht, unzählige Male. Trotzdem ist es immer wieder eine neue Herausforderung. Filippo möchte die einzelnen Schritte in seinem Kopf abspeichern, sich die Handgriffe merken, sie bei Bedarf sofort abrufen können. Wäre da nicht dieser Wächter vor dem Eingang zu seinem Verstand, der eine persönliche Abneigung gegen ihn entwickelt hat. Nichts lässt er hinein, und so gut wie nichts lässt er wieder hinaus. Heute kann Filippo ihn überlisten, aber wie sieht es morgen oder übermorgen aus?

Er stellt die Schüssel auf einen Schemel neben dem Stall, nimmt einen Brotkanten heraus und versucht, ihn in kleine Stückchen zu zerbrechen. Es schmerzt. Wie war das nochmal? Das Brot in der Mitte, rechts und links eine Hand. Dann kommt die Kraft, der Druck in den Fingern, bis es endlich zerbricht. Die Gänse eilen mit lautem Geschnatter herbei, als sie die vertrauten Geräusche hören. Ihre Schnäbel fangen die

Brotstückchen noch in der Luft, die restlichen sammeln sie vom Boden auf. Sie freuen sich wie kleine Kinder über Süßigkeiten, und Filippo ebenso. So wiederholt er es immer wieder, so lange, bis die Schüssel leer ist. Die gleiche Gefälligkeit würde er gerne auch den Enten im Nachbarstall erweisen. Jeden Tag steht er hier, bis die Erinnerung zurückkommt: Alle Enten sind tot, seit langer Zeit schon. Sie sind alle tot.

Neben den Ställen steht ein in die Jahre gekommener Holzschuppen, in dem Tierfutter, Gartengeräte und eine Werkstatt für den Hausmeister untergebracht sind. Kein Mensch außer Filippo findet hier eine erfüllende Beschäftigung, abgesehen vom besagten Hausmeister vielleicht. Für die Arbeit hier hat Filippo Doktor Coleis persönliche Erlaubnis bekommen. Auf dem Tisch im Schuppen liegen konfus übereinandergestapelte Bretter, darin krumme Nägel. Der Geruch von Schimmel steigt aus ihnen hervor. Genauso sieht es in meinem Kopf aus, denkt Filippo, wenn er dieses Stillleben genauer betrachtet. Unweit der Bretter stehen zwei braune Tonschüsseln, gefüllt mit weißen, grauen und schwarzen Gänsefedern. Filippo hat sie während der letzten Monate gesammelt. Die meisten von ihnen sind verblasst und mit Tapetenkleister verklebt. Der dazugehörige Eimer mit Pinsel steht unter dem Tisch.

Draußen um die Ställe herum liegen überall verstreut neue Federn, Filippo hebt sie auf, dazu pfeift er die ersten Töne von *Bella Ciao*, ein Lied, das er über all die Jahrzehnte nie vergessen hat. Es lenkt ihn ab, befreit seinen Kopf von der einen oder anderen schmerzvollen Erinnerung. In dem Schweizer Kinderheim durfte man nie über den Krieg sprechen. Die, die es taten, wurden gemieden, verachtet, ausgeschlossen. Das Vergessen wurde zur heiligen Pflicht, Schweigen gehörte zum täglichen Leben, wie die Kartoffelsuppe und das Glas heiße Milch vor dem Schlafengehen.

Eine Stunde später hat Filippo zwei Hände voller Federn eingesammelt und bringt sie in den Schuppen, dort verteilt er sie auf die beiden Tonschüsseln. Er nimmt den Pinsel, tränkt ihn mit Kleister und schmiert in kreisenden Bewegungen die Bretter damit ein. Monotonie ist bei so etwas die beste Medizin, hat ihm einmal jemand gesagt, aber er glaubt nicht daran, er *will* nicht daran glauben. Schwester Sara stellt ihm jeden Tag die gleiche Frage, wenn sie in den Schuppen kommt und ihm bei der Arbeit zusieht.

»Was genau machen Sie da eigentlich?«

Die Frage trieft förmlich vor Widersinnigkeit, aber man erwartet eben eine Antwort, die man noch nicht kennt.

»Das werden eines Tages Flügel sein«, sagt Filippo.

»Flügel? So wie bei einem Vogel?«

Filippo nickt, konzentriert sich weiter auf die Arbeit.

»Kennen Sie die Geschichte von Ikarus? Sein Vater hat ihm auch Flügel gebaut, mit denen ist er dann bis hoch zur Sonne geflogen.«

»Soviel ich weiß, ist er bei seinem Flug abgestürzt«, vollendet Schwester Sara die Legende.

»Er ist der Sonne einfach zu nah gekommen, das war sein großer Fehler. Mit meinen Flügeln wird mir das nicht passieren, die halten alles aus.«

Sara sieht Filippo ungläubig an, fast etwas beschämt. Es hat keinen Sinn, die Überzeugungen seiner Arbeit infrage zu stellen, und dennoch spart sie nicht mit Ironie.

»Sie glauben mir nicht«, sagt Filippo, »aber Sie werden es selbst erleben. In ein paar Tagen sind sie fertig, dann fliege ich damit auch zur Sonne.«

Filippos Ton wird rauer, er stößt die Bretter von sich, tritt gegen die Tür des Schuppens und torkelt hinaus.

Draußen macht er sich an einem Büschel Gänseblümchen zu schaffen, reißt sie aus dem Boden und wirft sie nach hinten über seine Schulter.

»Brauchen Sie die auch für Ihre Flügel?«, fragt Schwester Sara.

»Nein«, antwortet Filippo scharf. »Die sind nur Unkraut, sonst nichts.«

Früher oder später wird es keine Gänseblümchen mehr geben, denkt Sara, dann muss er mit den einfachen Grashalmen vorliebnehmen. Bis auch davon keine mehr übrig sind.

8

Die erste Nacht bei Saras *Famigliola* - die kleine Familie, wie sie es nennt -, endet für Franco um sechs Uhr in der Früh, als ein kleiner schwarz gelockter Junge sein Zimmer betritt, an seiner Bettdecke zupft und den neuen Tag lautstark willkommen heißt.

»Du musst jetzt aufstehen!«, ruft er Franco zu, dessen eines Ohr die hohe Stimme zwar vernimmt, während sich das andere noch fest an die Matratze presst.

»Mamma, er ist endlich wach!«, brüllt der Junge und verlässt stampfend das Zimmer.

Es ist Saras kleiner Bruder Lorenzo, ein Bursche von acht Jahren, der sich schon jetzt als frühreifer Casanova entpuppt, wie Sara am Abend zuvor erzählt hat. Man wird sich bestimmt bestens verstehen, hat sie prophezeit, jeder in dieser Familie hat viel zu erzählen. Da ist Saras Mutter Adelma, eine in jeder Hinsicht klassisch italienische Matrone, sie hat Franco schon gestern Abend kennengelernt, als der kleine Lorenzo bereits zu Bett gegangen war. Sie ist eine angenehme und äußerst zuvorkommende Frau, ihre erdrückende Liebe zu ihrer Tochter und deren kleinem Sohn wird gewiss auch bald auf Franco überspringen, soviel ist sicher. Die ersten sechzig Küsse durfte er schon empfangen, ihren Wunsch nach ihm als der persönlich auserkorene Schwiegersohn ebenfalls. Saras Vater Samuele ist vor wenigen Jahren einem schweren Herzleiden erlegen. Näheres möchte keiner dazu sagen, jedenfalls nicht jetzt.

Francos Zimmer liegt im Dachgeschoss des einfachen Hauses in den Hinterhöfen von Lucignano. Es ist schon reichlich marode, aber die Wände halten und es ist warm, besonders im Frühling und im Sommer. Das Kopfsteinpflaster ist hart und spröde, außer ein paar Straßenhunden und spielenden Kindern verirrt sich hier kaum jemand hin, wenn man nicht muss.

Sara hat ihrer Familie Franco beim Abendessen in der Küche vorgestellt, anschließend wurde er von Adelma nach allen Regeln der Kunst verhört, was er als nicht weiter schlimm empfand. Eine Mutter ist wie ein Schwamm, wenn es um neue Männer im Leben ihrer Tochter geht, alles saugt sie auf. Wenn ihr das, was sie zu hören bekommt, trotzdem nicht gefällt, dann spuckt sie es einfach wieder aus. Im besten Fall hat man Glück und einen Platz im Herzen der Famigiola sicher.

Heute frühstücken sie gemeinsam, bis es für Sara Zeit wird, aufzubrechen und zum Heim zu fahren. Adelma und Lorenzo unterhalten sich noch eine Weile mit Franco, stellen ihm Fragen, solche, die sie bisher noch nicht gestellt haben. Sie laden ihn auf einen gemütlichen Vormittag in der Stadt ein, und nach kurzem Zögern ist er einverstanden.

Pünktlich zum Mittagessen hat sich auch Franco wieder im Heim eingefunden, gemeinsam mit seinem Vater sitzt er im Speisesaal. Die Anderen hängen mit ihren Köpfen über den Tellern und bewundern die bunten Gemüsearrangements, die man ihnen heute serviert hat. Keiner von ihnen ahnt, dass ihre Angehörigen oder zumindest die Menschen, die auch hier sind, jede ihrer Bewegungen und Versuche, die Teller zu leeren, ganz genau beobachten. Wie die Gaffer vor den Löwenkäfigen, denkt Franco, nur mit dem Unterschied, dass die wilden Tiere auf den ersten Blick völlig harmlos erscheinen. Je nach Krankheitsbild kann sich das schnell ändern, vom einen auf den anderen Moment könnte hier die Hölle losbrechen - für Greisenverhältnisse, versteht sich. Grobe Aussetzer halten sich dank der Hilfe des Pflegepersonals in Grenzen, ganz egal, ob das nun förderlich für die Eigenständigkeit der hier Anwesenden ist oder nicht. Der Geruch von frischem Gemüse liegt in der Luft, konkurrierend mit einer Reihe anderer Ausdünstungen, die so ein Heim nun einmal mit sich bringt.

Mit einer stumpfen Plastikgabel sticht Filippo abwechselnd auf eine fast noch rohe Kartoffel, ein Broccoliröschen und ein Stück panierten Fisch ein. Dabei bläst er die Backen auf, pustet immer wieder mit aller Kraft auf das Essen, das schon seit mindestens zehn Minuten kalt ist. Nach kurzem Innehalten verzehrt er das Gemüse, dann geht es mit dem Fisch weiter. Zuletzt nimmt er sich die Kartoffel vor. Franco wundert sich über die unerwartete Genauigkeit der Reihenfolge, bis ihm ein Pfleger erklärt, dies sei ein weiteres, sehr oft ganz typisches Verhalten bei Alzheimerpatienten.

Filippo ist für einige Sekunden abgelenkt, als das Personal einen Wagen mit dem restlichen Nachtisch hereinschiebt. Franco nutzt die Gelegenheit, schnappt sich die Tablette neben Filippos Teller und pulverisiert sie fein säuberlich über dem letzten Stück Broccoli. Von Sara weiß er, dass es häufig zu Problemen mit Filippos Medikamenten kommt, wenn er sie nur sporadisch - oder schlimmer noch -, gar nicht erst nimmt. Wie oft habe sie es schon mit einem Glas Wasser bei Filippo versucht, hat sie ihm erzählt. Wenn es nicht half, dann hat sie ihm die Tabletten einfach unter das Essen gemischt. Auf die Idee, sie zu zerkleinern, ist sie bisher nicht gekommen. Dazu braucht sie offenbar erst mich, denkt Franco, den Retter der alten Leute, den Beschützer. Den Erlöser.

Sara geht zu einem der anderen Tische, an dem eine alte Frau sitzt. Sie hilft ihr beim Essen, indem sie es in mundgerechte Stücke schneidet, diese auf die Gabel schiebt und dann zum Mund der alten Frau führt. Dabei wirft sie Franco gelegentlich einen Blick zu, gefolgt von einem zierlichen Lächeln.

Nach einer weiteren Viertelstunde, die Franco wie eine Ewigkeit vorkommt, ist Filippo endlich mit dem

Essen fertig. Das letzte Stück Fisch hat gerade seine Speiseröhre passiert, als er von seinem Stuhl aufspringt.

»Wann gibt´s hier endlich was zu essen?«

»Du hast doch gerade gegessen«, sagt Franco. »Früher hast du Fisch genauso geliebt wie ich, erinnerst du dich? Wenn ich von der Schule kam und Mamma schon für uns gekocht hat. Sie hat die letzte Portion immer für das Abendessen aufgehoben.«

Filippo grinst.

»Oh ja«, säuselt er, »wir hatten mindestens zweimal in der Woche Fisch und Kartoffeln.«

»Das weißt du wirklich noch?«

»Natürlich«, bestätigt Filippo nachdrücklich und setzt sich wieder hin. »Irgendwann wollte Mamma diesem deutschen Jüngling eine Portion nach draußen bringen. Der stand mit seinen Kameraden vor dem Haus, der hat doch nur auf eine Gelegenheit gewartet, bei der er uns hinterhältig erschießen konnte.«

Plötzlich wird er lauter.

»Diese feigen Dreckschweine!«, schreit Filippo, seine Faust landet geräuschvoll auf dem Tisch. »Die sollen doch alle in der Hölle verrecken, alle zusammen sollen sie da unten verbrennen!«

»Du redest von deiner eigenen Kindheit«, schreitet Franco ein. Das bestätigt ihm auch Schwester Sara, sie hat den Lärm mitbekommen und eilt zu Franco an den Tisch. So sei es nun einmal, damit müsse er leben. Es täte ihr leid, sagt sie. Immer wieder sagt sie das.

Schließlich folgt sie dem Ruf eines anderen Bewohners, dessen Gabel sich in seinen blutverschmierten Handrücken verirrt hat. Franco sieht Sara nach, als sie den Speisesaal verlässt. Sie wird sich auf die Suche nach Verbandszeug machen, vermutet er. Dann wendet er sich wieder seinem Vater zu.

»Das waren bestimmt harte Zeiten damals«, sagt er.

»Das waren sie allerdings. Jeder, der etwas anderes behauptet, ist entweder ein Narr oder einer von denen.«

»Hast du schon jemals über eine Entschädigung nachgedacht?«, fragt Franco.

»Wovon redest du da?«

»Ich habe von Fällen gehört, bei denen die Opfer solcher Grausamkeiten eine Entschädigung für ihr Leiden bekommen haben. Oder Ihre Angehörigen, da muss es genauso gewesen sein.«

Filippo kann sich ein Lachen nicht verkneifen.

»Das ist lustig«, sagt er. »Wofür sollte ich denn deiner Meinung nach entschädigt werden?«

»Für alles, was sie dir und deinen Eltern angetan haben.«

Franco weiß von der Ermordung seiner Großeltern durch die deutschen Soldaten, damals in ihrem Dorf in der Toskana.

»Leben wir denn noch immer im Krieg?«, fragt Filippo. »Es sieht alles so friedlich aus, findest du nicht?« Seine Augen werden glasig. »Nein, friedlich ist es hier bestimmt nicht. Das ist vielmehr ein Gefangenenlager, so kommt mir das alles hier vor.«

Filippo starrt auf den leeren Teller vor sich auf dem Tisch.

»Lass uns schnell essen, bevor sie uns wieder alles wegnehmen!«

»Hier nimmt dir niemand etwas weg«, sagt Franco. »Und Krieg haben wir auch nicht. Hier bist du in Sicherheit, alle kümmern sich rührend um dich.«

»Na dann ist es ja gut«, sagt Filippo mit einem Stöhnen in der Stimme. Er greift nach der leeren Gabel und schiebt sie sich in den Mund. »Trotzdem schmeckt das Essen seltsam, und kalt ist es auch noch. Ich schwöre dir, sie haben das warme Essen für sich selbst behalten, und jetzt werfen sie uns die kalten Reste hin, diesen ganzen verdorbenen Abfall.«

Die garstige Krankheit schlägt erneut mit aller Härte zu, denkt Franco. Sie verbrennt Filippos Geist und hinterlässt nichts weiter als einen Haufen Asche aus zerfetzten Gedanken und nebelhaften Erinnerungen.

Franco kommt ein zweites Mal auf die Entschädigungen zu sprechen, diesmal vielleicht mit ein wenig mehr Feingefühl. Das Gesicht seines Vaters versinkt zwischen seinen knochigen Händen, sein Kopf senkt sich über den Teller.

»Als die Deutschen damals in unser Dorf kamen, da war ich noch ein Kind«, erzählt er. »Sie haben mich nicht mitgenommen, sie haben mich auch nicht in eine ihrer verpesteten Fabriken oder in eins ihrer verdammten Lager gesteckt. Sie haben mich einfach in Ruhe gelassen, sogar dann, als sie unser Dorf wieder verlassen haben.«

»Du hattest eben Glück«, bemerkt Franco.

»Dann sag mir bitte nochmal, wofür zum Teufel ich denn entschädigt werden sollte? Es schmerzt jeden Tag, selbst diese gottverdammte Krankheit kann mir die Erinnerungen daran nicht nehmen. Aber wie ich pissen und scheißen soll, das vergesse ich von heute auf morgen, ist das nicht furchtbar ungerecht? Das ist es doch, oder etwa nicht?«

All diese Fragen, auf die Franco keine Antwort geben kann. Sprachlos beobachtet er die Tränen, die lautlos an Filippos Wangen hinunterlaufen und auf den Tisch tropfen. Auf dem weißen Tuch sammeln sie sich zu kleinen durchsichtigen Pfützen, bis der Stoff sie vollständig verschlingt.

9

Im Garten des Heims steht eine hölzerne Laube, an den Pfosten bahnt sich wilder Efeu den Weg nach oben zum Dach. Darunter sitzt Franco auf einer Bank und saugt die frische Luft des Nachmittags ein. Seine Augen sind geschlossen, sein Kopf ist voll.

Als er die Augen öffnet, sitzt Doktor Colei neben ihm, die Arme vor der Brust verschränkt, den Blick auf den Kiesweg vor seinen Füßen gerichtet. Eine Gruppe weißhaariger Greise wirft sich gegenseitig Bocciakugeln zu. Hin und wieder landet eine von ihnen direkt vor Doktor Coleis Füßen, er hebt sie nicht auf, lässt sie liegen, wirft sie nicht zurück, unter keinen Umständen. Unbeteiligt wartet er, bis einer der Greise auf ihn zukommt, aus eigener Kraft um die Kugel bittet, nur um sich anschließend mit einem peinlichen Blick für den ergebenen Einsatz des Arztes zu bedanken. Welcher Einsatz, denkt Franco.

»Man muss sie einfach machen lassen«, sagt Doktor Colei, noch bevor Franco überhaupt nach einer Erklärung fragen kann. »Wenn wir ihnen die Eigenständigkeit nehmen, dann nehmen wir ihnen auch die Würde.«

Das klingt zumindest logisch, denkt Franco, auch wenn es ihm im ersten Augenblick schwerfällt.

Schwester Sara habe seinen Vater gewaschen, erzählt ihm der Arzt, jetzt müsse er sich ausruhen und sich von den Strapazen beim Mittagessen erholen. Mit den Worten eines abgeklärten Mediziners beschreibt er Filippo Bellandinis Verhalten als absolut normal, ebenso wie bei seinen übrigen Alzheimerpatienten. Gewiss sei es die reinste Folter für die Angehörigen, und natürlich könne man die Betroffenen nicht für ihre Ausbrüche zur Verantwortung ziehen, aber leider Gottes existiere da nun mal diese luziferische Schädigung des Vorderhirns, die dem Patienten gewöhnliche Verhaltensweisen nahezu unmöglich mache. Ebenso die Fähigkeit, diese bei anderen Menschen nachzuempfinden, fügt er noch hinzu.

»Als Kind habe ich gern Zeit mit meinem Vater verbracht«, sagt Franco. »Zu dumm, dass er sich jetzt nicht mehr daran erinnern kann.«

»Es ist nicht die Erinnerung«, korrigiert ihn Doktor Colei, »vielmehr sind es die verbindenden Nervenbahnen.«

»An den Krieg erinnert er sich offenbar noch ganz gut, aber das können wohl unmöglich sinnvolle Nervenverbindungen sein. Oder was denken Sie, Doktor?«

Der Arzt schüttelt den Kopf.

»Natürlich nicht, aber wenn das die einzige Verbindung ist, die er im Augenblick aufbauen kann, dann sollten wir das in jedem Fall ausnutzen.«

Franco schildert Doktor Colei seine Theorie von Flucht und Verdrängung, ein Trauma vielleicht, ein Schock, ein seelischer Knacks. Schnell wiegelt der Arzt ab, dafür kommt er auf Filippos Flügelbau in dem alten Holzschuppen zu sprechen. Er findet keine besonders einfühlsamen Worte dafür, und auch Franco tut sich schwer, dieser Beschäftigung etwas Sinnvolles abzugewinnen.

»Was immer er macht, und wer auch immer ihm dabei hilft«, sagt Franco, »spätestens dann, wenn es um die finanziellen Angelegenheiten meines Vaters geht, werde ich mich ganz allein darum kümmern.«

Doktor Colei ahnt bereits, was Franco mit derartigen Anspielungen ausdrücken will.

»Sie sollten ihn nicht mit solchen Dingen belasten«, rät ihm der Arzt. »Aber auch das ist ein typisches Verhalten der Angehörigen, wenn es wie so oft nur um das liebe Geld geht.«

»Warum sollte meinem Vater denn nicht auch etwas zustehen, nach allem, was er im Krieg erlebt hat?«

»Wenn Sie mit *finanziellen Dingen* eine Entschädigung für erlittenes Unrecht meinen, dann sind die Chancen darauf genauso gering wie die Chance, die Krankheit aus dem Hirn Ihres Vaters zu verbannen.«

Franco stößt einen tiefen Seufzer aus.

»Ich bin Arzt, kein Richter. Eine übergeordnete Ebene des Völkerrechts ist im Fall Ihres Vaters nur äußerst schwer auszumachen. Die Medien schlachten schon seit Jahren unzählige Fälle dieser Art aus, aber niemals mit einem brauchbaren Ergebnis, von dem die Betroffenen oder ihre Familien wirklich etwas hätten.«

»Sie werden mich bestimmt nicht davon abhalten«, sagt Franco. Er wählt die Worte so, dass sie fast wie eine Drohung mit erhobenem Zeigefinger klingen. »Wenn das die einzige Möglichkeit ist, meinem Vater zu helfen, dann werde ich es tun. Es ist mir egal, wohin ich dafür gehen muss, das können Sie mir glauben.«

Doktor Colei hat genug gehört. Er steht auf, wischt sich die Haare aus dem Gesicht und legt Franco eine Hand auf die Schulter.

»Tun Sie, was Sie tun müssen.«

Er dreht sich um und geht durch den Garten zurück zum Speisesaal. Mehr gibt es für ihn dazu nicht zu sagen.

10

Noch einmal ist Filippo zu den Gänseställen gegangen, Zeit für die nächste Fütterung der Tiere,
meint er. Die Brotreste bekommt er wie jeden Tag aus
der Küche und bringt sie anschließend zu den Ställen. Schon lange muss er nicht mehr danach fragen,
wenn er in die Küche kommt, seinen treuen Hunde-
blick aufsetzt und wie ein verwahrlostes Bettlerkind
vor den Küchenhilfen steht. Es reicht aus, um einen
Lehrling dazu zu bringen, die Krümel aus den Brot-
körben der Bewohner in die Schüssel zu schütten und
sie wortlos an Filippo zu übergeben, immer unter den
strengen Blicken der Vorgesetzten. An diesem Punkt
verbeugt sich Filippo wie ein Schuljunge, bringt seine
tiefste Dankbarkeit zum Ausdruck. Bis heute hat er
dieses Ritual an keinem Tag des Jahres ausgelassen,
nicht im heißesten Sommer und auch nicht im kälte-
sten Winter. Man lässt ihn gewähren, schließlich weiß
keiner so genau, wie lange das alles noch gut geht.

Vor der verschlossenen Stalltür steht Franco. Er
sieht, wie sich sein Vater mit den Brotschüsseln ab-
müht, er will ihm helfen. Filippo schüttelt den Kopf,
was für seine Hand-Augen-Koordination nicht gera-

de förderlich ist. Fast fällt ihm die Schüssel mitsamt den Brotresten aus den Händen.

»Gib dir keine Mühe, mein Junge. Das schaffe ich noch ganz gut allein.«

Nie zuvor hat er mich mit *mein Junge* angesprochen, denkt Franco, allenfalls zu einem *halbwüchsigen Burschen mit ungezogenem Umgang* hat es in längst vergangenen Zeiten gereicht. Er schließt seinem Vater die Stalltür auf, damit Filippo endlich zu seinen geliebten Gänsen kommt. Als er drin ist, schlägt Franco die Tür wieder zu.

»Darf ich dich etwas fragen?«

»Nur zu«, sagt Filippo.

Sein krankhaftes Zittern fällt nicht weiter auf, während er mit einer Hand die Schüssel festhält und mit der anderen die Krümel vor den Gänsen auf dem Boden verstreut.

»Wenn du auch etwas davon haben willst«, sagt er, »musst du zuerst in der Küche danach fragen. Sie haben nichts mehr übrig, aber ich werde morgen wieder hingehen und für dich fragen, wenn du das möchtest.«

»Warum willst du keine Entschädigung?«, wechselt Franco das Thema. Der Wutanfall wird nicht lange auf sich warten lassen, denkt er. Aber genau das Gegenteil ist der Fall, zu seiner großen Überraschung. Filippo schweigt dazu, stattdessen bückt er sich, stellt die Schüssel auf dem Boden ab und richtet sich unter schwerem Stöhnen wieder auf. Franco öffnet ihm die Tür.

»Wenn du mir verrätst, wie ich das, was damals passiert ist, beweisen soll«, sagt Filippo, »dann können wir gerne nochmal darüber reden. Aber ich bin mir sicher, dass wir das schon längst getan haben. Leider weiß ich nicht mehr, an welchem Tag das war.«

»Es war vorhin beim Mittagessen«, klärt Franco seinen Vater auf.

Er sieht hinauf zum Himmel, die Wolken jagen sich gegenseitig, bis sie zu einem grauen Klumpen zusammenfinden.

»Dann wird es wohl so gewesen sein«, sagt Filippo. »Du wirst schon wissen, was du mir erzählt hast, mein Junge.«

Da ist es wieder. Wenn auch nur kurz, bis seine Krankheit doch noch anklopft und um Einlass bittet.

»Zum Teufel mit deiner Entschädigung!«, brüllt er Franco ins Gesicht. »Ich habe alles von damals vergessen, und nur Gott allein weiß, ob das gut für mich ist oder nicht.«

Franco versucht, die Situation zu entspannen.

»Vielleicht gibt es noch irgendwo Überlebende, die dich von früher kennen, und die vielleicht sogar schon nach dir gesucht haben.«

Stocksteif steht Filippo da, als hätte man ihn wie einen Pfosten in die Erde gerammt.

»Giulia«, stößt er mit einem tiefen Seufzer hervor. »Der Himmel hat sie geschickt, und zum Himmel ist sie wieder zurückgekehrt.«

In einer hellen Ecke seiner tiefsten Erinnerungen sieht er ihren Namen vor sich, sieht ihre ganze Erscheinung: Das kleine Mädchen mit dem Engelsgesicht, ihre beiden Zöpfe, die im Wind flattern, ihr rotes Sonntagskleid mit den weißen Blümchen. Der Klang ihrer zarten Stimme in seinem Kopf.

»Wann ist sie gestorben?«, fragt Franco.

»Sie haben sie umgebracht, so wie die Anderen. Trotzdem hat sie es besser erwischt als all die armen Teufel vor ihr.«

Filippo setzt sich neben Franco ins Gras.

»Bevor ich in das Schweizer Internat gekommen bin, da hatten sie mich bei einer dieser reichen Familien untergebracht. Die waren völlig verblendet von ihrem Führer, kein Sinn mehr für Realität und was es heißt, ein freies Leben zu besitzen. Ich erinnere mich an das Hausmädchen, sie hieß Anna. Sie hat mich wie ihren eigenen Sohn behandelt, bis sie entlassen wurde, mir nichts dir nichts. Erschossen haben sie das arme Ding, wenn du mich fragst.«

Das Aufstehen bereitet Filippo große Mühe, er stöhnt, schnappt nach Luft. Schwerfällig schleppt er sich über die Wiese zwischen den letzten Gänseblümchen hindurch zu einem schmalen Bach, nur wenige Meter von den Ställen entfernt. Er taucht seine Hände in das klare Wasser, spürt ein kleines bisschen Leben auf seiner Haut.

»Manche Erinnerungen gehen und manche bleiben«, sagt er. »Aber habe ich eine Wahl?« Er schüttelt den Kopf. »Nein, die hatte ich niemals.«

11

Arbeiterviertel von Genua
Juni 1960

Für diese Jahreszeit ist der Morgen ungewöhnlich kalt. Fast *zu* kalt. Aus dem Fenster der kleinen
Wohnung blickt Filippo auf die Straße hinunter. Zwei
seiner engsten Freunde wohnen hier mit ihm zusammen: Mattia, ein rastloser Student aus Venedig, und
Agostino, ein nicht gerade vom Erfolg verwöhnter
Maler mit Hang zur Vielweiberei. Nichts wirkt auf
den ersten Blick wie ein Zuhause, ein dreibeiniger
Tisch, ein offener Kleiderschrank, drei staubige Matratzen in den Ecken des Wohnzimmers. Der Vermie-
ter hat sämtliche Türen in der Wohnung ausgehängt,
sie auf dem Dachboden verstaut und die drei Jungs
mit eindringlichen Worten darum gebeten, diesen Zustand um nichts in der Welt zu verändern. Es ginge
nicht konform mit dem politischen Gemeinschafts-
sinn, hat er zu ihnen gesagt. Privatsphäre sei ein Gut,
das nicht in die gegenwärtige Zeit gehöre und deshalb
auch nicht gelebt werden dürfe.

Vor vier Jahren hat Filippo seine Pflegeeltern in

der Schweiz verlassen, nachdem er von ihnen bestens und ja geradezu vorbildlich versorgt wurde. Sogar ein paar Brocken Deutsch hat er bei ihnen gelernt, für ein gutes Leben die besten Voraussetzungen. An Arbeit hat Filippo niemals ernsthaft gedacht, auch nicht bei seiner Rückkehr nach Italien.

Politische Unruhen reißen ihn mit, faszinieren ihn, bescheren ihm eine vorübergehende Bleibe hier in Genua. Nichts Besonderes, aber das braucht er auch nicht. Ein Leben zwischen übelriechenden Hinterhöfen und dröhnenden Verkehrsstraßen, darauf verteilte Bars, Kinos und zwielichtige Tanzlokale. Der Mantel der Revolution liegt ausgebreitet über der Stadt, Jugendbanden bilden sich Tag für Tag neu, man lehnt sich gegen das politische System auf. Die erste Nachkriegsgeneration sorgt ganz im Sinne der Politik für den Wiederaufbau der Stadt, während ihre arbeitsscheuen Bastarde immer mehr aufbegehren und in geistloser Beschäftigung am Fließband keine Befriedigung mehr finden. Stattdessen verbringen sie ihre Zeit mit dem Anlegen spießiger Vorgärten, oder sie streichen ihre Hauswände in den Farben des Regenbogens. Vor der Zeit mit Mattia und Agostino hat sich Filippo mit einfachen Arbeiten in diversen Fabriken über Wasser gehalten, oder er hat etwas Geld mit dem Waschen von Autos verdient. Die Vergangenheit seiner Freunde interessiert ihn nicht, alles Wichtige spielt sich im Hier und Jetzt ab, zwischen vollen Bierflaschen, willigen Mädchen und abscheulich schmekkenden Mentholzigaretten.

Mattia leert sein Bier in einem Zug, steht auf und geht zu einem der verschmierten Fenster, durch das er kaum noch etwas sehen kann. Auf der Straße entdeckt er die ersten Demonstranten, die sich mit Knüppeln und Eisenstangen bewaffnet auf den Weg zum Hafen machen. Er schleudert die leere Bierflasche gegen die Wand, hinweg über Filippos und Agostinos eingezogene Köpfe. Mit einem lauten Knall zerplatzt sie dort, unzählige Scherben versammeln sich auf dem Boden.

»Wir müssen unbedingt da raus«, sagt er mit der dunklen Stimme eines abgefüllten Trinkers. »Die brauchen jeden einzelnen von uns. Wenn wir ihnen jetzt nicht helfen, wann dann?«

Schon seit Tagen hängen Flugblätter überall an den Fenstern und Türen, es ist die Rede von einem bevorstehenden Kongress des *Movimento Sociale Italiano* - kurz MSI -, hier in Genau. Die Partei genießt landesweite Bekanntheit, ihr Präsident ist als Faschist verrufen. Außerdem steht er unter dem Verdacht, mit noch immer hier lebenden Nationalsozialisten zu kollaborieren. Als Träger der Tapferkeitsmedaille der italienischen Resistenza betrachtet man das Vorhaben als die reinste Provokation, ein Aufruf zu landesweiten Protesten unter möglicherweise notwendiger Anwendung von Gewalt ist nur eine der Folgen.

»Du hättest deine Bierflasche lieber aufheben sollen«, spottet Agostino, »vielleicht könntest du sie jetzt noch gebrauchen.«

Mattia grölt und dreht sich wie ein irrer Hund um sich selbst. Filippo sitzt auf seiner Matratze, den Straßenlärm verfolgt er nur mit seinen Ohren. Wie nicht anders zu erwarten dauert es keine fünf Minuten, bis Mattia und Agostino ihn überredet haben. Wenig später taumeln sie gemeinsam durch das schwach beleuchtete Treppenhaus hinaus zur Tür auf die überfüllte Straße. Wie ein Schwarm Klosettfliegen auf der Suche nach dem nächsten Misthaufen lassen sie sich vom Strom der kreischenden Menge bis hinunter zum Hafenviertel mitreißen. Kaum jemand stört sich an ein paar blutigen Schrammen, Kratzern oder blauen Flecken, das Ergebnis eines todesmutigen Einsatzes zur Verteidigung zweifelhafter gesellschaftlicher Werte.

Agostino und Mattia juckt es schon jetzt in den Fäusten, während es Filippo vorzieht, das Geschehen aus sicherer Entfernung heraus zu beobachten. Immer wieder wird er angerempelt, spürt die fremden Ellbogen zwischen seinen Rippen. Das gehört nun mal dazu, sagt er sich, eine Demonstration ohne Handgemenge ist wie ein Mädchen ohne anständige Brüste. Nur wenn man etwas zum Anfassen hat, macht die Sache richtig Spaß.

Die Luft riecht nach Blut und Schweiß, Emotionen kochen über, niemand kann sein eigenes Wort mehr verstehen. Ganz plötzlich schlägt Filippos Euphorie um, er sieht, wie eine Handvoll Polizisten mit Schlagstöcken auf eine Gruppe wehrloser Demonstranten einprügelt. Blutspritzer zieren ihre verängstigen Gesichter, groteske Befriedigung in den Mienen der Wachmänner. Ihre Schläge werden immer härter, die Misshandlungen und Beschimpfungen der in ihren Augen Minderwertigen scheint ihnen zu gefallen. Wer ist hier noch Täter und wer Opfer, fragt sich Filippo. Sein Blick fällt auf eine entkräftete junge Frau, sie ist ein Mitglied dieser Gruppe. Ihr Gesicht ist blutverschmiert, als sie gerade einmal nicht ihre Hände schützend gegen die Übergriffe der Polizei davorhält. Sie schreit, spuckt immer wieder Blut, teilt verzweifelte Tritte gegen ihre Peiniger aus. Zwecklos, die Uniformierten sind viel stärker. Ihre Kräfte schwinden.

Mit aufgerissenen Augen und von unbeherrschter Wut gepackt rennt Filippo auf die Polizisten zu, den ersten, den er von ihnen zu fassen bekommt, reißt er mit all seiner körperlichen Kraft zurück. Der Mann taumelt und fällt wie ein nasser Sack zu Boden, er begreift nicht, was gerade mit ihm passiert. Filippo handelt in Bruchteilen von Sekunden, packt die junge Frau an ihren blutigen Händen, hebt sie hoch und wirft sie über seine Schulter. Das Blut in ihrem Gesicht mischt sich mit seinem Schweiß.

»Bring ..., bring mich hier weg«, stammelt sie ihm ins Ohr. »Bitte, es ... es tut so weh.«

Kurz darauf verliert sie das Bewusstsein.

In einer Gasse abseits der Demonstranten lässt Filippo die junge Frau vorsichtig von seiner Schulter gleiten, setzt sich neben sie auf den Boden und lehnt ihren Rücken gegen die Hauswand. Blut läuft in dünnen Fäden über ihre Stirn und an ihren Wangen herunter. Sie hustet, als sie wieder erwacht ist, das Atmen fällt ihr schwer. Filippo schert sich nicht um das Schicksal seiner Freunde, der Strom wird sie mitgerissen und vielleicht inzwischen verschlungen haben, denkt er. Jetzt hat er nur noch Augen für das Mädchen neben ihm. Mit einem Stofftuch wischt er ihr das Blut aus dem Gesicht.

»Wie heißt du?«, fragt er das Mädchen. Unter all dem Blut verbirgt sich eine hübsche junge Frau, stellt er fest.

»Elena«, flüstert sie. »Ich heiße Elena.«

»Ein schöner Name.«

Der Name an sich schon, denkt Filippo, aber was ist mit dem Rest? Über ihre anderen Vorzüge kann er sich noch kein Urteil erlauben, der Zwischenfall mit den Polizisten lässt ihm nur die Schönheit ihres Namens, an die er sich klammern kann. Und doch ist da so etwas wie eine tiefe Verbundenheit, wenn er auf sein Herz hört, das immer schneller in seiner Brust schlägt.

Filippo bringt Elena zu seiner Wohnung, er ist froh, dass ihre Kräfte allmählich zurückkehren und sie schon fast wieder auf den eigenen Beinen stehen kann. Mit seinem Arm stützt er sie, es scheint ihr zu gefallen, wenn er das zarte Lächeln auf ihrem zerschundenen Gesicht richtig deutet.

Die Wohnung ist leer, keine Spur von Mattia und Agostino. Hinter einer Holzkiste findet Filippo einen halbleeren Müllsack, den er mit allem füllt, was sich in den letzten Tagen in der Wohnung an Abfall und Unrat angesammelt hat. Er fegt die Bierflaschen und Zigarettenstummel von seiner Matratze, schüttelt das Bettlaken aus dem Fenster, bietet Elena einen Schlafplatz an. Sie könne auch eine der anderen Matratzen nehmen, schlägt er vor, seine Freunde werde er so schnell nicht wiedersehen. Elena ahnt, wovon er spricht. Die Polizei macht gelegentlich auch Gefangene, aber bei gewalttätigen Demonstranten muss man schon mit weitaus mehr rechnen, als nur mit einer Nacht auf einer kalten Pritsche in einer dunklen, feuchten Zelle.

Filippo wirft einen Blick aus dem Fenster. Vor wenigen Stunden hat hier noch sein Freund Mattia gestanden, hat das Treiben der Aufrührer mit Vorfreude beobachtet. Jetzt sieht er nur noch Jubelnde, sie halten zerrissene Banner in den Händen und feiern laut klatschend ihren zweifelhaften Erfolg.

Später erfährt Filippo zufällig, der geplante Kongress der MSI sei nun doch verboten worden, die Schlacht mit einem guten Ende geschlagen. Im besten Fall sieht er Mattia und Agostino eines Tages wieder, aber nun zählt einzig und allein das Wohlergehen dieser hübschen jungen Frau, die so friedlich auf seiner Matratze schläft. Trotz des breiten Pflasters auf ihrer Stirn offenbaren sich mit jedem Atemzug neue Facetten ihrer verborgenen Schönheit, egal wie klein sie sind.

Im Januar des Jahres 1977 verkündet die bevorstehende Vaterschaft das bisher größte Glück in Filippo Bellandinis sprunghaftem Leben. Vor fünfzehn Jahren hat er Elena vor den Traualtar geführt; die einzig logische Konsequenz seines Entschlusses, den Rest seines Lebens an ihrer Seite verbringen zu wollen. Als Folge politischer Umwälzungen in den Jahren nach 1960 sorgt das neu erlassene Scheidungsgesetz für größte Geschäftigkeit. Die Liberalen haben sich mit den Kommunisten verbündet, streben eine Modernisierung ihres Landes und eine damit verbundene Erweiterung der individuellen wie auch der kollektiven Freiheit an. Elena und Filippo haben sich unter Ausschluss eines Priesters trauen lassen, wenngleich ihnen der Gedanke an eine Scheidung niemals in den Sinn gekommen ist. Nach ihrer Hochzeit haben sie Genua für immer den Rücken gekehrt und in Rom eine kleine, dafür aber bezahlbare Wohnung bezogen. Filippo hat eine Arbeit in der Produktion einer renommierten römischen Papierfabrik angenommen, während Elena halbtags in der Küche eines Restaurants in der Stadt aushilft. Ein bescheidenes Leben mit knappem Geld und karger Existenz, gleichwohl ist ihre Liebe füreinander unbezahlbar. In ihrer Freizeit unterstützen sie weiterhin den stillen Protest gegen den MSI, besuchen Kundgebungen in Pescara und zuhause in Rom, der Gewalt haben sie abgeschworen, niemand mischt sich mehr ein. Die Gedanken an die Ereignisse von 1960 sind noch immer allgegenwärtig, genau wie die an Mattia und Agostino, besonders in Filippos gelegentlichen Albträumen. Manchmal starrt er nachts in die Dunkelheit, dann sieht er kleine blitzende Punkte, die um seinen ganzen Körper herumtanzen. Er stellt sich vor, es seien Sterne, die vom Himmel auf ihn und Elena herabfallen. Ein glänzender Schutzmantel, der das Glück ihrer kleinen Familie für alle Zeit umschließt. Alle Dinge in ihrer natürlichen Ordnung. Jede Nacht lässt Elena Filippo über ihren Bauch streicheln. Er kann die Bewegungen ihres Kindes spüren, wenn seine Hände auf ihrem Bauchnabel zur Ruhe kommen. Dort hält er inne, dort ist sein Platz.

Kurz vor der errechneten Geburt ihres Kindes hält der MSI erneut einen Kongress in Rom ab, mit dem Ziel, den moralischen Verfall des Landes einzudämmen und das Volk zu mehr Sorgfalt im Umgang mit den eigenen Werten aufzurufen. Elena wird von Schmerzen geplagt, die mit der bevorstehenden Geburt einhergehen. Dessen ungeachtet drängt sie Filippo zur Teilnahme an dem geplanten Protestmarsch, versprochenermaßen ohne jegliche körperliche Einmischung.

»Du solltest dich jetzt lieber schonen«, legt er ihr

nahe. »Denk an unser Kind. Es muss dir wichtiger sein als irgendwelche Politik, an der du sowieso nichts ändern kannst.«

All das interessiert Elena nicht. Noch immer ist sie eine glühende Anhängerin einer längst überfälligen Neuordnung, nicht so Filippo. Nach all den Jahren betrachtet er die Menschen mit anderen Augen, ihre Kleidung, die Art, wie sie laufen und sprechen, der Ausdruck in ihren Gesichtern. Am Ende sind es sogar dieselben wie damals, nur etwas älter und um die eine oder andere Erfahrung reicher. Inzwischen werden die Geschicke des Landes von anderen Menschen geleitet, alles läuft ruhiger und besonnener, so hofft man jedenfalls. Über eine bevorstehende Offenbarung lässt sich streiten, wenn es sie überhaupt noch gibt.

Der Aufmarsch läuft friedlich ab, keine Schlägereien, keine klaffenden Wunden, keine Polizeibrutalität. Ein trügerischer Frieden, denkt Filippo, als er einen stark angetrunkenen Mann in der Menge entdeckt, der sich mit der Geschmeidigkeit eines betagten Elefanten auf Elena und ihn zubewegt. Seine rechte Hand umklammert eine halbleere Bierflasche, in der linken hält er eine rostige Eisenstange. Außer einem unverständlichen Gurgeln bringt er nichts heraus. Elena nimmt seinen beißenden Atem wahr, sie würgt, wendet sich angeekelt von ihm ab. Mit erhobener Hand geht Filippo auf den Betrunkenen zu, spricht ein kurzes aber intensives Wort der Warnung gegen ihn aus. Verdutzt kneift der Mann die Augen zusammen, hebt seinen linken Arm, dann lässt er die Eisenstange mit voller Wucht gegen Filippos Schläfe sausen. Filippo taumelt, spürt das Blut, das warme Rinnsal über seinem Gesicht. Alles verschwimmt vor seinen Augen, Elenas Schreie nimmt er kaum noch wahr. Alles verfinstert sich zu einem tiefen, endlosen Schwarz.

Als Filippo wieder zu sich kommt, sieht er Elena blutend am Boden liegen, die Hände auf ihrem Bauch abgelegt, den Blick zum Himmel gerichtet. Ihre Augen sind klein wie Stecknadelköpfe, die Lider zittern.

Zwei Stunden nach ihrer Einlieferung ins Krankenhaus erhält Filippo die Nachricht von ihrem Tod, unerwartet, ohne den Hauch einer Vorwarnung. Der Arzt spricht ihm sein aufrichtiges Beileid aus, er führt ihn in ein weiß gestrichenes Zimmer. Auf dem Tisch liegt ein neugeborener Junge, eingewickelt in ein blaues Tuch. Eine Krankenschwester streichelt dem Neugeborenen sanft über den Kopf. Aus einer befremdlichen Ahnung heraus gibt Filippo dem Kleinen den Namen *Franco*, er weiß nicht, warum es gerade dieser Name sein soll. Er tritt näher an das Kind heran, die Tränen kann er jetzt nicht mehr zurückhalten. Der Kleine schreit nicht etwa, vielmehr kommt es einem Singen gleich. Die Stimme der Hoffnung, denkt Filippo.

12

Es ist der vorletzte Sonntag im Mai, der Tag der *Maggiolata*, des alljährlichen Blumenfestes von Lucignano. Die ganze Stadt jubelt unter einer Decke aus bunten Blumen, die einzeln, in breitgebundenen Sträußen und als mächtige Gebinde die Häuser und Straßen verhüllen.

Saras Familie ist an diesem Morgen schon früh auf den Beinen, jeder steckt in seinen ganz eigenen Festtagsvorbereitungen. In dieser Nacht hat Franco unruhig geschlafen, niemals ist ihm sein Vater so sehr durch den Kopf gegangen wie in den letzten Tagen. Was läuft an dieser ganzen Geschichte falsch, denkt er, aber er kommt zu keinem Ergebnis. Sara und ihre Mutter Minerva trifft er im Hof, der neben ihrem noch an zwei weitere Nachbarhäuser angrenzt. In der Mitte des Hofs steht ein in die Jahre gekommenes, rostiges Fuhrwerk, das üblicherweise von einem Traktor gezogen wird. Zum Zweck des Blumenfestes haben Freunde der Familie die Deichsel für das Ziehen durch ein zweiköpfiges Ochsengespann umgebaut. Die Holzdielen an den Seiten sind mit einer Vielzahl unterschiedlich farbiger Nelken verziert, der kleine Lorenzo hat sie auf äußerst geschickte Weise mit geschnittenem Stroh und dünnem Draht daran befestigt. Eine beachtliche Leistung aller Beteiligten, denkt Franco, die Begeisterung für das Fest glaubt er in jeder einzelnen Blüte zu erkennen. Er mustert den Wagen von allen Seiten, als Saras Mutter mit ausgestreckten Armen auf ihn zustürmt, ihm einen Kuss auf beide Wangen drückt und sich lautstark nach seiner zweiten Nacht in ihrem Haus erkundigt.

»Ich fühle mich schon fast wie zuhause«, entzieht er sich mit mageren Worten ihrer Umklammerung. Es ist gelogen, das weiß er.

Sara legt einen Nelkenstrauß auf den Boden, als sie Francos Stimme hört.

»Wir könnten noch ein bisschen Hilfe gebrauchen«, ruft sie ihm zu. Den Grund für ein Lächeln liefert er ihr prompt, als er zugibt, ihr lieber beim Schmücken zusehen zu wollen als selbst Hand anzulegen.

»Vom Zusehen allein wird der Wagen bestimmt nicht fertig«, wirft Saras Mutter in aller Deutlichkeit ein. »Wir haben noch viel Arbeit vor uns, jede helfende Hand ist da willkommen.«

Nach Minervas eigener Erfahrung findet die allgemeine Aufregung erst mit einem Platz auf dem Wagen ein Ende, ebenso mit dem Genuss des gemeinschaftlichen Beifalls, wenn es so weit ist. Sie besinnt sich auf ihre eigene Zeit, beim ersten Blumenfest vor fast siebzig Jahren hatte sie selbst auf einem der Zugpferde gesessen und war von den jungen Dorfburschen bejubelt und umschwärmt worden. Schon eine Woche vorher waren die Kerle durch das Dorf gezogen und hatten um die Gunst der Mädchen gebuhlt, und schon damals hatte sie so manchen vorzeitigen Heiratsantrag erhalten.

»Vielleicht hätte ich einen von ihnen annehmen sollen«, scherzt sie, »ein paar gute Partien waren in jedem Fall dabei.«

»Die sind jetzt alt«, kontert Sara. »Wahrscheinlich erinnern sie sich gar nicht mehr an dich.«

»Wir können es gern ausprobieren, du musst mich nur mit auf den Wagen nehmen, dann werden wir ja sehen, was passiert.«

Sara lacht, sie fuchtelt wild mit den Händen in der Luft herum. Minerva ist trotz ihres Alters und ihrer zugegeben nicht mehr ganz in der Form gebliebenen Figur noch immer eine ansehnliche Frau mit einem großen Herz und einer noch größeren Gabe, die Dinge zu lieben und sie so anzunehmen, wie sie nun einmal sind.

Sara sieht auf ihre Uhr, in zwei Stunden hat sie beim *Barbiere Santa Adria* zu sein. Er wird sie für das Blumenfest hübsch machen, wird dafür sorgen, dass sie die volle Aufmerksamkeit und eine gewisse Portion Neid ihrer Nachbarn, die ebenfalls einen Wagen mitsamt junger Tochter zur Maggiolata beisteuern, genießen kann. Es sei fast wie ein Wettstreit, erklärt sie Franco, jedes Jahr wiederhole er sich. Alle werden sich beim Barbiere treffen und genüsslich über die

Frisuren und die Kleiderwahl der anderen Mädchen herziehen.

»Haben Sie Lust, mich zu begleiten?«, fragt Sara. Wie ein verliebtes Schulkind tänzelt sie vor Franco hin und her.

»Mit dem größten Vergnügen«, sagt Franco.

Diesmal ist es keine Lüge, da ist er sich sicher.

Das gelbe Sonnenlicht des Vormittags dringt durch die Fenster in Filippos Zimmer und hüllt den ganzen Raum in eine wohlige Wärme. Filippo sitzt auf seinem Bett, starrt die Wände an. Auf seinem Kopf trägt er eine Partisanenmütze, unter den von Motten zerfressenen Nähten dringt sein weißes Haar hervor. Das Oberteil seines Schlafanzugs hat er gegen einen zerknitterten Flanellpullover eingetauscht, die passende Schlafhose trägt er dagegen noch. Nichts passt wirklich zusammen, aber es fühlt sich gut an. Die Uhr über seiner Tür zeigt halb zwölf, kleine schwarze Punkte, die vor einem schwarzen Strich fliehen. Die meisten Bewohner schlafen, der Rest wartet auf das bevorstehende Mittagessen. Filippo überlegt, was heute auf dem Speiseplan steht, am Morgen ist von Hühnchen die Rede gewesen. Irgendjemand hat behauptet, er habe den Duft von Schweinefleisch aus der Küche gerochen, aber niemand hier weiß etwas Genaues.

»Der Vogel fällt irgendwann vom Himmel und wird von der Sau gefressen«, hat eine alte Frau beim

Frühstück zu ihm gesagt. »Oder der Vogel pickt der toten Sau die Augen aus.«

Der Gedanke hat Filippo amüsiert, auch wenn er den einen Geschmack nicht mehr vom anderen unterscheiden kann. Er beugt sich hinunter zu seinen nackten Füßen, vor ihm stehen seine grauen Filzpantoffel verkehrt zueinander. Der eine sieht nach rechts, der andere nach links. Schon lange haben sie sich nichts mehr zu sagen. Genau wie mein Hirn und ich, denkt Filippo. Er steht auf, läuft mit gekrümmtem Rücken zur Tür und drückt lautlos die Klinke herunter.

Auf dem Gang ist es ruhig, nur das Husten und Schnarchen aus den anderen Zimmern zerschneidet die Stille. Filippo schleicht sich nach vorn bis zur Pforte, unbemerkt, die Frau mit den kleinen Schweineaugen hinter der Glasscheibe schenkt ihm keine Beachtung, ebenso wenig der Mütze auf seinem Kopf. Vielleicht sollte er sie grüßen, denkt Filippo, aber das würde seinen Plan nur durcheinanderbringen. An der Kreuzung zum Haupteingang begegnen ihm ein Pfleger und eine Krankenschwester, sie sehen wie ein frisch verheiratetes Paar aus, das Filippo damals in seinem Heimatdorf kannte. Er könnte ihnen etwas hinterherrufen, »herzlichen Glückwunsch, wir sehen uns nachher in der Kirche.« Er ist unsicher, ob sie es wirklich sind, ob sein durchlöchertes Gehirn ihm nicht schon wieder einen Streich spielt.

Die Sonne trifft seine Augen, als er das Heim verlässt. Mit nackten Füßen steht er im Staub der Zufahrtsstraße, allein, unbeobachtet, frei. Er sieht den Berg hinab, sieht die Felsen an den Hängen, die Zypressen am Straßenrand. Er muss loslaufen, jetzt, er darf nicht länger warten. »Dreh dich bloß nicht mehr um«, hört er eine Stimme in seinem Kopf zu ihm sprechen, »lauf so schnell du kannst. Nur dann werden sie hinter den Bäumen bleiben und nicht auf dich schießen.«

Sara nimmt Platz auf dem ersten Friseurstuhl direkt hinter der Theke des Barbiers. Ihr und Franco hat man einen Espresso gebracht, nun durchkneten zwei dicke Männerhände Saras Kopf und ihr tropfnasses Haar. Neben ihr sitzen vier weitere junge Mädchen, sie werfen ihr neidvolle, ungeduldige Blicke zu.

»Die werden wohl noch eine Weile warten müssen«, sagt sie und grinst schadenfroh. »Erzählen Sie mir etwas von sich«, bittet sie Franco. Wie schon vorhin im Schuppen vermag er ihrem Lächeln auch diesmal nicht zu widerstehen.

»Zuerst möchte ich wissen, ob Ihr Vater früher auch beim Blumenfest dabei war«, sagt er.

Sara nickt.

»Wenn er nicht gerade arbeiten musste, hat er uns jedes Jahr zum Fest begleitet.«

»Wo hat er denn gearbeitet?«

Sara erzählt Franco von den Steinbrüchen in Carrara, gut zweihundert Kilometer entfernt von Lucignano. Dort fand ihr Vater eine Arbeit, schlug für

Bildhauer aus der ganzen Welt riesige Marmorstücke aus den Felsen und bearbeitete sie anschließend mit dem passenden Werkzeug entsprechend bestimmter Modelle weiter. Meist waren es Auftragsarbeiten, sie trugen die Schuld an seiner oft wochenlangen Abwesenheit von zu Hause. Nach fünf Jahren schließlich folgte ein *Arbeitsunfall*, so nennt es Sara jedenfalls. Wegen angeblich schlechter Auftragslage wurde ihr Vater aus dem Atelier unmittelbar in die Steinbrüche versetzt, die Arbeit dort war ungleich härter und anstrengender, aber mit dem entscheidenden Vorteil eines vorzeitigen Feierabends. So konnte man mehr Zeit mit der Familie verbringen, auch wenn das Geld immer knapp und das Essen oft kalt war.

»Mein Vater hat sich immer selbst als den eigentlichen Mann im Mond betrachtet«, sagt Sara.

»Wie hat er das gemeint?«, sagt Franco.

»Er hat die Marmorfelsen immer mit dem Weiß des Mondes verglichen, als Kind gefiel mir diese Vorstellung besonders. Meine Freundinnen waren ganz neidisch auf mich, wenn ich ihnen erzählte, mein Vater würde auf dem Mond arbeiten.«

Franco hört Sara mit großer Freude zu, während ihr Haar langsam trocknet und in der Sonne zu schimmern beginnt. Sie wird wunderschön aussehen da oben auf dem Wagen, denkt er.

Die Zypressen stehen aufgereiht am Straßenrand, dünne schwarze Riesen, die jeden einzelnen seiner

Schritte verfolgen. Ihre Schatten treffen die Spitzen seiner nackten Füße, aufgerieben von Staub und Stein hinterlassen sie kleine Blutflecken auf der Straße. Filippo keucht, sucht immer wieder Schutz hinter Bäumen oder zwischen flachen Sträuchern. Sein Gesicht hält er nach unten, wenn er anderen Menschen begegnet, betet dafür, nicht entdeckt zu werden. Schlimmer noch, er könnte in Gefangenschaft geraten, dem Tod unweigerlich entgegentreten müssen. Keiner dieser Menschen trägt eine Waffe, eine Uniform oder einen Stahlhelm auf dem Kopf. Keiner spricht ihn auch nur mit einem einzigen Wort an. Filippo greift in seine Hosentasche, er sucht nach etwas, mit dessen Hilfe er sich notfalls verteidigen kann: ein Messer, eine Pistole, irgendetwas. Aber dort ist gar nichts. Der Schweiß brennt ihm auf der kahlen Stirn und in seinen Augen, das Haar hängt ihm in feuchten Strähnen ins Gesicht. Hinter einer Kurve trifft Filippo auf einen Mann in seinem Alter, er hält sich an einem Spazierstock mit silbernem Knauf fest. Eine Frage nach dem schnellsten Weg ins Dorf, nichts weiter. Filippo schreit auf, hält sich die Hände vor sein Gesicht, fleht den fremden Mann um Gnade an. Er möge ihn gehen lassen, seine Eltern habe man schon ermordet, warum jetzt auch noch ihn? Der Fremde schüttelt den Kopf, schimpft und fuchtelt mit seinem Spazierstock in der Luft herum. Speichel sammelt sich in Filippos Mundwinkeln und tropft in dicken Fäden auf den Boden. Aus seinem Flehen wird ein Winseln. Dann rennt er los, rennt, so schnell ihn seine geschundenen Füße tragen können, rennt zum Dorf, bis es mehr einem Humpeln gleichkommt. Unten angekommen, verliert er sich zwischen jubelnden, mit Blumensträußen bepackten Menschen, die keinerlei Notiz von ihm nehmen. Ein paar Wenige machen sich lustig über ihn, bewerfen ihn mit Blumen. Filippo schreit, bückt und duckt sich immer wieder, reißt die Hände vor die Augen. An einer Hausecke sucht er Schutz, vollkommen zermürbt kommt er auf den harten Pflastersteinen zu Fall. In seinen Ohren dröhnt es wie tausend Feuerstöße gleichzeitig, als die geschmückten Blumenwagen wie Stahlmonster aus seinen Kindertagen an ihm vorbeirollen. Es gibt keinen Zweifel mehr: Der Krieg ist zurückgekehrt, und mit ihm der Krieg in seinem Kopf.

Franco erwartet Saras Wagen vor dem Eingang einer Apotheke, hier hat er sich mit ihr, ihrer Mutter und dem kleinen Lorenzo verabredet. Von hier hat er einen guten Blick auf die Feierlichkeiten, nach und nach ziehen die Fuhrwerke an ihm vorbei, die hübschen Mädchen auf den Wagen werfen ihm abwechselnd sinnliche Blicke und rote Nelken zu. Junge Männer in Uniformen salutieren vor ihm, führen Tänze auf und dreschen auf ihre Trommeln ein. Den alten Mann am Ende des Zuges bemerkt Franco nicht, seine Schreie verstummen im Jubel der Menschenmenge.

Zu guter Letzt taucht Saras Wagen an der Ecke

auf, sie sitzt auf einem Stuhl, ihr blaues Kleid flattert im Wind. Lorenzo steht neben ihr und hält ihre Hand. Der Wagen kommt nur schwerfällig voran, immer wieder drängt sich die tobende Menge zwischen die Räder, buhlt um Saras Aufmerksamkeit. Lorenzo grinst über das ganze Gesicht, seine Mutter hat ihm einen Strauß mit roten und weißen Rosen gegeben, die er unter den Jubelnden verteilen soll. »Wenn ein Mädchen deine Rose fängt, dann darfst du dir später einen Kuss von ihr abholen«, hatte Sara ihm am Abend zuvor erklärt. Bisher sind es nur die Dorfältesten unter ihnen, aber auch sie werfen Lorenzo ihre Küsse zu.

Mit einem Schlag trübt sich Francos Ausgelassenheit, als sein Blick auf den alten und verstörten Mann hinter Saras Wagen fällt, dessen lautlose Schreie wie Seifenblasen in kalter Winterluft verpuffen.

»Papa!«, ruft Franco dem alten Mann entgegen. Er lässt von Sara ab und läuft auf seinen Vater zu. »Papa!«, ruft er noch einmal, lauter jetzt, dann ein drittes und ein viertes Mal. Er stützt ihn, als er bei ihm ankommt, versucht, Filippo zu beruhigen.

»Sie ... Sie wollen mich umbringen«, stammelt sein Vater. »Ich bin weggelaufen, und ... Und jetzt haben sie mich gefunden!«

Sara will helfen, aber Franco gibt ihr ein Zeichen, sich von ihm fernzuhalten. Er werde es allein schaffen, diese Sache ginge nur ihn und Filippo etwas an.

Gemeinsam schleppen sie sich den Hügel hinauf zum Heim, Vater und Sohn, in Francos Hand die seines Vaters.

Die Maggiolata ist vorbei, die meisten Menschen sind schon wieder in ihren Häusern verschwunden, der Geruch Dutzender zertretener Blumen mischt sich mit dem Gestank des Pferdemists am Straßenrand. Filippo sagt nicht ein einziges Wort, die Angst hat ihm die Sprache geraubt. Auf der Hügelkuppe kurz vor dem Heim löst er sich aus Francos Griff.

»Du hast mich gerettet«, flüstert er und wischt sich die Tränen aus den Augen. »Sie wollten uns alle umbringen, einen nach dem anderen. Bring mich zu deinen Verbündeten in die Berge, dann kann ich mich auch bei ihnen bedanken. Dort werden sie mich niemals finden.«

»Ich habe keine Freunde in den Bergen«, sagt Franco. Ein paar Schritte nur geht er allein voraus, dann dreht er sich um.

»Ich bin dein Sohn, und du bist mein Vater, wir sind die einzigen Verbündeten hier. Die Zeit des Krieges ist vorbei, der herrscht nur noch in deinem gottverdammten Kopf.«

Zwei Pfleger eilen aus dem Heim, Francos Empörung über ihr unglaubliches Fehlverhalten und die Verletzung ihrer Aufsichtspflicht drückt er so laut aus, dass es bis hinunter ins Dorf zu hören sein muss. Die beiden Männer entschuldigen sich, sie wüssten auch nicht, wie Filippo überhaupt die Flucht hatte gelingen können. So etwas sei noch nie zuvor passiert. Mit gesenkten Köpfen schleppen sie ihn fort, zurück in seinen Kerker, zurück in seine eigene, trostlose Welt.

13

Gemächlich breitet sich die Nacht über dem Dorf aus. Alles scheint ausgestorben, friedlich, bis auf die wenigen Lichter in den Häusern und die fast verloschene Glut des Marktplatzfeuers.

Für gewöhnlich werden die Heimbewohner schon am frühen Abend in ihre Betten zitiert, so auch Filippo. Die Geschehnisse während der Maggiolata und sein unerlaubtes Verschwinden sind Grund genug für Doktor Colei, ihn früher als sonst schlafen zu schikken, sogar unter Verwendung verschiedenster Beruhigungsmittel. Schwester Sara hat die Nachtschicht übernommen und sogleich den Auftrag erhalten, ein paar Schlaftabletten für Filippo in der Heimapotheke zu besorgen. Nach kurzer Zeit ist sie mit diversen Pillen und einer Spritze zurückgekehrt. Ohne Widerworte hat Filippo die Prozedur über sich ergehen lassen, nach einer halben Stunde sind ihm endlich die Augen zugefallen. Es ist ein tiefer, trotz allem aber ein friedloser Schlaf.

Franco sitzt in Doktor Coleis Büro und wartet auf die Rückkehr des Arztes. Nur allzu gern würde er das Geschehene der letzten Stunden gegen angenehmere

Erlebnisse eintauschen, auch wenn diese, seit dem er hier ist, noch immer auf sich warten lassen. Er weiß nicht, welche Rolle sein Vater dabei spielt, zumindest aber ist er bei fast jeder Erinnerung präsent. Ganz im Gegensatz zu seiner Mutter, von der Franco nichts weiter geblieben ist als die alten Geschichten, die ihm sein Vater in seiner Kindheit über sie erzählt hat. Gerne hätte er sie kennengelernt, ihr viel zu früher Tod hat ihm diese Möglichkeit genommen, und mit ihr die Liebe seines eigenen Vaters. Möglicherweise ist Filippos fortschreitender Gedächtnisverlust der Grund dafür, sagt sich Franco immer wieder, auch wenn niemand ausschließlich eine Krankheit für den Verderb väterlicher Liebe verantwortlich machen kann. Sein Vater ist einsam, Filippos Geist hält keine Freuden mehr fest.

Franco schließt die Augen, zieht Luft ein, so tief wie es ihm möglich ist. Dann betritt Doktor Colei das Büro, er entschuldigt sich für die Verspätung. Die alten Menschen vergessen irgendwann die Zeit, und genau deswegen müsse man jetzt selbst mitdenken, versucht er, sich zu erklären. Die Uhren bestehen noch immer aus zwei Zeigern, aber ihr Zusammenspiel ist nichts weiter als ein Aufeinandertreffen zweier Fremder. Eine derartige Beschreibung amüsiert Franco, und zugleich beschämt sie ihn.

»Gibt es etwas, das ich jetzt noch für meinen Vater tun kann?«, fragt er.

»Sie könnten sich gemeinsam alte Fotos anschauen«, schlägt Doktor Colei vor. »Das mag sich vielleicht töricht anhören, aber glauben Sie mir, es hilft.«

Fotos können jemanden aufmuntern, denkt Franco, aber gleichzeitig sind sie auch dazu fähig, die ganze Sache nur noch schlimmer zu machen. Man müsse sich und seiner Seele Linderung verschaffen, bringt es der Arzt auf den Punkt. Über Erlebtes müsse gesprochen werden, im schlimmsten Fall sogar über den Krieg selbst.

»Ich verstehe sehr gut, dass Ihnen der Gedanke daran Angst macht. Trotzdem müssen Sie etwas finden, an das sich Ihr Vater gern erinnert, das wird ihm helfen.«

»Vielleicht gibt es da wirklich etwas«, sagt Franco.

Fast ist es ihm peinlich, schon wieder darüber zu sprechen. Doktor Coleis Meinung dazu kennt er.

»Man hat ihm so unendlich viel Leid angetan, dafür hat er eine Wiedergutmachung verdient. Es muss doch einen Weg geben, ihm zu seinem Recht zu verhelfen. Wenn ich sonst schon nichts mehr für ihn tun kann, dann wenigstens das.«

Der Arzt stößt einen tiefen Seufzer aus.

»Ich bin ein Mediziner. Ich helfe den Kranken, indem ich versuche, sie zu heilen. Manchmal fordert mich das Leben heraus, und manchmal ist es umgekehrt.«

Er öffnet eine Schublade an seinem Schreibtisch, holt eine braune Visitenkarte hervor und legt sie vor Franco auf den Tisch.

»Versuchen Sie es bei ihm. Vielleicht ist er ja der Mann, den Sie suchen.«

Franco sieht sich die Karte näher an: Paolo Foresta, ein Anwalt aus Florenz, spezialisiert auf Zivil- und Strafrecht.

»Woher kennen Sie ihn?«, fragt er.

»Vor einigen Jahren gab es hier einen Vorfall, bei dem er uns auf bemerkenswerte Weise unterstützt hat. Ein Bewohner mit deutschen Wurzeln stand unter dem Verdacht, ein ehemaliger Kriegsverbrecher zu sein, durch einen unglücklichen Zufall fanden es seine Mitbewohner eines Tages heraus. Allerdings hatten wir ihm nie etwas beweisen können, und so konnten wir mit Signore Forestas Hilfe das Schlimmste verhindern. Kurz nach der Aufklärung dieses Vorfalls starb der Mann schließlich. Niemand hätte in dieser Sache Erfolg gehabt, ganz gleich, auf welcher Seite er stand.«

»Was macht Sie da so sicher?«, sagt Franco.

»Das fragen Sie am besten Signore Foresta selbst, *er* ist der Anwalt. Ich bin nur ein gewöhnlicher Arzt, wie ich schon sagte.«

Franco steckt die Visitenkarte ein und verlässt Doktor Coleis Büro, Müdigkeit kriecht durch seine Glieder. Gleich morgen früh wird er diesen Anwalt aufsuchen, nimmt er sich vor. Je eher, umso besser.

14

Am Nachmittag zu vorgerückter Stunde kommt Franco in Florenz an. Die Sonne scheint ihm ins Gesicht, er kneift die Augen zusammen, die hellen Hauswände werfen den Schimmer zurück. Aus den Fenstern blicken die Leute auf ihn herab. Autos fahren an ihm vorbei, die Straßen sind voll, desgleichen die Cafés. Die meisten Leute arbeiten, manche ziehen ihre Mittagspause vor, jeder ist auf seine eigene Weise beschäftigt. Mich ignorieren sie, denkt Franco, abgesehen von ein paar neugierigen Augen. Für sie bin ich ein Fremder, einer, der sich hier nicht auskennt.

Sara hat keine Kenntnis von seinen Plänen, mit ihr hat er nicht darüber gesprochen. Er müsse etwas für seinen Vater tun, hat er zu ihr gesagt. Für den alten, verwirrten Mann, der kaum noch eine Entscheidung allein treffen kann.

»Wozu brauchst du denn einen Anwalt?«, hätte sie ihn gefragt.

»Mein Vater kommt ohne Hilfe nicht aus«, wäre Francos knappe Antwort gewesen.

»Und was soll ein Anwalt da machen?«

»Es geht um Geld.«

»Mit Geld kann man Alzheimer nicht heilen, fürchte ich.«

»In diesem Fall hat das nichts mit seiner Krankheit zu tun.«

»Ich verstehe dich nicht.«

»Das ist auch besser so, glaub mir.«

Sara hätte Verständnis gehabt, sie hat für alles Verständnis. Für die Menschen in ihrer eigenen Welt, an erster Stelle natürlich für die, die im Heim einquartiert sind. Das alles hat sie von ihrer Mutter, es ist in ihr, und natürlich liegt es auch an der Mentalität der Menschen, man hilft sich gegenseitig.

In der Nacht hat Sara an Francos Zimmertür geklopft, es ist schon spät gewesen. Sie könne nicht schlafen, hat sie gesagt.

»Wenn der Mond so hell scheint, dann habe ich immer das Gefühl, ich hätte das Licht nicht ausgemacht. Dabei ist es doch der Mond selbst, und er sieht dann immer so nah aus.«

»So nah?«, hat Franco gefragt.

»Wahrscheinlich könnte ich ihn sogar berühren, wenn ich das Fenster öffnen und meine Hand nach ihm ausstrecken würde.«

»Warum versuchst du es nicht einfach mal?«

Franco hat sich zu Sara gedreht, sie hat auf seinem Bett gesessen und seine Hand berührt.

»Weil er viel zu weit weg ist«, hat sie gesagt.

»Wie fühlt sich das an, wenn du dir vorstellst, du könntest ihn tatsächlich berühren?«

»Eigentlich will ich mir das gar nicht vorstellen. Es ist wie ein Geheimnis, das danach irgendwie keins mehr wäre.«

Kurz darauf hat sie Francos Zimmer wieder verlassen, er hat ihre Schritte auf dem Flur gehört, die Dielen unter ihren Füßen haben nachgegeben, alles ist voller Sehnsucht gewesen.

Noch am späten Abend hat Franco mit Paolo Foresta telefoniert und einen Termin für den nächsten Tag vereinbart. Es ist ein kurzes Gespräch gewesen, wenige Worte, dafür umso mehr Hoffnungen.

Signore Forestas Kanzlei liegt an der Spitze eines Florenzer Geschäftshauses mit einer schlichten grauen Fassade und nur wenigen Fenstern. Franco drückt auf die Klingel neben dem Namensschild, mit einem summenden Geräusch öffnet sich die Tür. Die Treppenstufen sind mit blauem Teppich überzogen, Lampen an der Decke werfen ein diskretes Licht, vorbei an weiteren Türen, bis ganz nach oben zum Dachgeschoss. Die Tür zur Kanzlei steht offen.

»Kommen Sie rein, einfach geradeaus ins Büro«, hört Franco eine männliche Stimme rufen.

Der Raum ist nicht gerade groß, doch die schrägen Dachfenster auf beiden Seiten entziehen ihm die Enge. Hell ist es, für ein Anwaltsbüro geradezu verführerisch. Die mit weißem Holz verkleideten Wände laufen zur Decke hin schief zusammen, auf einer Seite steht ein schwarzes Bücherregal mit unzähligen Akten und noch einmal doppelt so viel Rechtsliteratur.

Paolo Foresta sitzt hinter einem Schreibtisch und zündet sich eine Zigarette an. Er trägt eine rote Hornbrille mit kleinen Gläsern, die kaum größer als seine Augen sind. Sein hellbraunes Haar ist kurz und lockig, irgendwie frech, denkt Franco.

Die Krawatte hat er gelockert, aber ausgezogen hat er sie nicht. Dann hebt er seinen Kopf und bläst weißen Rauch aus seinen Nasenlöchern.

»Signore Bellandini, richtig?«

»Ja«, sagt Franco, »wir hatten telefoniert. Ich bin wirklich sehr froh, dass Sie Zeit für mich haben.«

Man schüttelt sich die Hände.

Paolo Foresta nimmt die Zigarette aus dem Mund und drückt sie in dem Aschenbecher auf seinem Schreibtisch aus. Höchstens zwei oder drei Züge hat er genommen, mehr nicht.

»Dann erzählen Sie mal«, sagt er. »Was kann denn so wichtig sein, dass Sie mich damit an einem Sonntagabend noch behelligen müssen?«

Franco knirscht mit den Zähnen, das Geräusch vernimmt er nur in seinem Kopf.

»Am Telefon haben Sie gesagt, das Recht kenne keine Ruhepausen.«

Foresta räuspert sich.

»Nun ja, das kommt natürlich ganz auf den Fall an.«

Er stiert auf die Zigarettenschachtel in seiner Hand, sie ist leer, es schwelt alles in seiner Lunge und in den kalten Wänden seines Büros.

»Wie kann ich Ihnen denn nun helfen?«

»Es geht um meinen Vater«, sagt Franco. »Er leidet an Alzheimer.«

Foresta nimmt seine Brille ab und legt sie vor sich auf den Tisch. Seine Pupillen sind kleine braune Punkte, wandern von links nach rechts und wieder zurück, prüfend, nüchtern.

»Das ist schlimm«, stellt er fest. »Aber wohl auch nicht zu ändern. Die heimtückischste Krankheit von allen, wenn Sie mich fragen. Man verliert alles, wenn auch nicht unbedingt in materieller Hinsicht. Aber dieser Rest, den man in seinem Kopf mit sich trägt, der ist doch viel mehr wert als alles Materielle, finden Sie nicht?«

Franco nickt stumm.

»Kommen wir nun auf den Punkt«, sagt Foresta. »Welche richtungsweisende aber ebenso kostspielige Spezialbehandlung soll ich für Ihren Vater erstreiten? Darum geht es Ihnen doch, nicht wahr?«

Am liebsten hätte er jetzt eine neue Schachtel Zigaretten aus seiner Schublade geholt, nur ein einziger langer Zug, alles wäre viel leichter zu ertragen.

»Ich möchte eine Entschädigung für meinen Vater«, sagt Franco.

Alles beginnt mit den wenigen Kriegserinnerungen, von denen er weiß, und über die er schon früher mit seinem Vater gesprochen hat. Er erzählt Paolo Foresta von dem Heim, von Schwester Sara, von

Doktor Colei. Nichts lässt er aus. Interessiert hört der Anwalt ihm zu, zumindest hat es den Anschein. Gelegentlich nickt er, wenn Franco einen Satz beendet. Alles scheint ihm vertraut und so, als habe er es schon selbst durchlebt.

»Ich hatte gerade mit meinem Studium begonnen«, erzählt er Franco, »da gab es diesen verheerenden Anschlag, damals in Bologna am Bahnhof.«

»Sie waren dabei?«

Foresta schüttelt den Kopf.

»Nicht direkt«, sagt er, »aber ich durfte an dem folgenden Prozess teilnehmen. Ich habe viel beobachtet, die Täter und ihre Aussagen zu der Tat. Wäre ich zu dieser Zeit schon Anwalt gewesen, ich hätte wahrscheinlich viele Dinge anders gemacht.«

»Und was genau wäre das gewesen?«, sagt Franco.

Foresta kratzt sich am Kinn.

»Ich kann Sie und die Situation Ihres Vaters gut verstehen. Sie müssen sich nur im Klaren darüber sein, um was es hier eigentlich geht. Die Frage ist, ob das alles wirklich mit Gerechtigkeit zu tun hat. Ich will Ihnen nichts unterstellen, aber womöglich sind Sie auch nur an dem Geld interessiert.«

»Wurden Ihre Großeltern auch von deutschen Soldaten ermordet?«, sagt Franco. Die Worte kämpfen sich durch seinen Hals und aus seinem Mund. »Mein Vater war noch ein Kind, als man seine Eltern feige und ohne einen Hauch von Mitgefühl erschossen hat.« Dann erhebt er sich von seinem Stuhl, er zittert.

»Und jetzt fragen Sie mich nochmal, ob es mir bei dieser Sache um Gerechtigkeit oder nur um Geld geht. Na los, fragen Sie schon.«

Für einen Augenblick lang schweigt Paolo Foresta. Noch immer denkt er an eine Zigarette, an den strengen Geruch des Tabaks, an die Absolution.

»Also, wie stehen die Chancen auf eine Entschädigung«, fragt Franco, nachdem er sich wieder gesetzt hat.

»Es wird ein Kampf David gegen Goliath, so viel ist sicher«, gibt der Anwalt zu bedenken. Seine Stimme hat an Kraft verloren, jetzt sind da nur noch Fakten, frei von jedem Gefühl.

»Ich habe Kenntnis über diverse Urteile deutscher Bundesrichter. Darin heißt es, solche Erschießungen seien als rechtmäßige Vergeltungsmaßnahmen betrachtet worden. Juristisch gesehen handelt es sich dabei nur um Totschlag, nicht um Mord, den man als feige und grausam bewerten müsste. Das Schlimme daran ist, dass Totschlag irgendwann verjährt, somit erledigt sich die Sache früher oder später von selbst. Aus meiner Sicht werden die Überlebenden solcher Massaker und auch ihre Angehörigen niemals wirkliche Genugtuung erfahren können.«

Franco wirft einen Blick auf die Bücher hinter Forestas Schreibtisch. Dicke, bestoßene Buchrücken, akkurat in einer Reihe sortiert, vielleicht schwer zu lesen und für einen Laien wie ihn noch schwerer zu verstehen, aber von Dauer und Beständigkeit. Aus

Erfahrungen und Erlebnissen zusammengeschrieben, aber immer mit der nötigen Distanz zu dem, was nicht in ihnen zu finden ist.

»Was ist das für ein Rechtsgefühl eines Landes, wenn Mord so einfach ungestraft bleiben kann?«, fragt Franco.

Paolo Foresta zieht die Schubladen seines Schreibtisches auf, eine nach der anderen. Er sucht in den hintersten Winkeln, dann schiebt er sie zu, beginnt das ganze Spiel in umgekehrter Reihenfolge wieder von neuem. Keine Zigaretten, kein Halt, keine Rettung.

»Man muss Akteneinsicht beantragen, aber es gibt einfach zu viele davon.«

Zwischen zerknülltem Papier und ein paar Notizzetteln entdeckt Foresta einen abgebrochenen Bleistift, seine Zunge berührt die zerklüftete Mine, der Geschmack des Bleis stößt ihm übel auf, im Vergleich zum Nikotin fast ein wenig süßlich.

»Angeblich sind es unzählige solcher Akten«, sagt er, während der Bleistift noch immer in seinem Mund steckt. »Und sie sind verdammt dick, eine dicker als die andere. Vollgestopft mit nutzlosen Informationen, zumindest nutzlos für die, die sich damit beschäftigen müssen. Man möchte Zeit schinden, verstehen Sie? Die Leiter solcher Behörden müssen nur lange genug abwarten und untätig bleiben, und zum Schluss lehnen sie dann jegliche Akteneinsicht ab, so einfach ist das.«

»Aber warum kann Italien selbst als Land nichts dagegen tun?«, fragt Franco.

»Weil Deutschland in engen Beziehungen mit uns steht. Man will Rücksicht nehmen, und dann treibt erst recht keiner mehr die Prozesse gegen die Kriegsverbrecher von damals voran.« Fast klingt Foresta ein wenig schulmeisterlich. »Wir müssen hier Unterschiede machen, die nationale und die internationale Rechtslage können wir nicht in einen gemeinsamen Topf werfen, umrühren und abwarten, was hinterher dabei rauskommt. Stellen Sie sich nur mal vor, was passieren würde, wenn alle Menschen, die damals das Gleiche wie Ihr Vater erlebt haben, plötzlich Klagen gegen Deutschland erheben würden.«

Franco zuckt mit den Schultern.

»Und was würde dann passieren?«

»Wenn man die italienische Rechtsauffassung auch auf andere Länder in Europa übertragen würde, dann könnten wir uns endgültig von einer dauerhaften Friedensordnung verabschieden.«

»Was für ein Frieden sollte das sein?«, sagt Franco.

Der Anwalt streckt seine Arme in die Luft.

»Sehen Sie, genau das ist das Problem an der ganzen Geschichte. Es gibt hier kein Recht, es hat nie eins gegeben. Und es wird auch nie eins geben.«

Foresta hält Franco einen langen Vortrag über Recht und Unrecht, über die italienische Justiz, über deutsche Rechtsprechung, einfach über alles. Die Störung seines warmen Sonntagabends scheint wie weggewischt.

»Sie reden so, als hätten Sie gerade erst mit Ihrem Studium angefangen«, unterbricht Franco Forestas Monolog. »Damals, als es noch um Illusionen und Ideologien ging, als Sie das Rechtssystem neu erfinden oder ihm zumindest Ihren persönlichen Stempel aufdrücken wollten. So machen das doch alle von Ihrer Sorte.«

Die Vorstellung amüsiert Paolo Foresta, wie sehr spricht mir dieser einfältige Kerl aus der Seele, denkt er. Francos erneute Frage nach den Chancen auf eine Entschädigung beantwortet der Anwalt kühl und einigermaßen sachlich. Kein Opfer deutscher Kriegsverbrechen könne vor ausländischen Gerichten klagen. Derartige Handlungen würden dem Prinzip der Staatenimmunität widersprechen, doziert er. Es sei großes Unrecht, zugegeben, von dem sich niemand wirklich freisprechen könne. Man müsse die Sache auf sich beruhen lassen, rät er Franco, die Zeit lieber gemeinsam mit seinem Vater verbringen, sich noch ein paar letzte schöne Tage machen. So hart das auch klingt, es sei nun einmal der beste Weg.

Der Abstieg durch das Treppenhaus hinunter zur Haustür kommt Franco wie der Abstieg in die Hölle vor, die Hölle, die er sich selbst erschaffen hat. Er denkt an seinen Vater, daran, wie er bei ihrer ersten Begegnung auf seinem Bett gesessen und ihn angestarrt hat.

»Ich freue mich immer über Besuch«, hat Filippo gesagt. »Aber wer sind Sie eigentlich, und woher kommen Sie?«

»Ich bin gekommen, um dir zu helfen.«

»Das ist sehr nett von Ihnen, sonst hilft mir ja niemand mehr. Wirklich sehr schade.«

Oh ja, das ist es, denkt Franco. Und wie es das ist.

15

Seine Flügel, an denen er jetzt schon eine ganze Weile arbeitet, nehmen langsam Gestalt an. Der Kleber trocknet schnell, die Federn halten darin fest wie in Beton. Über die Form lässt sich gewiss streiten, aber als Flügel sind sie allemal zu erkennen. Jeden Tag sammelt Filippo die Federn aus den Ställen ein, die von den Tieren abgeworfen werden, oder die sie durch Rangeleien untereinander verloren haben. Manchmal bleiben sie auch einfach im Zaun hängen, das erleichtert die Arbeit ein wenig. Alle Federn haben unterschiedliche Farben, keine gleicht der anderen. Manche sind braun mit weißen Strähnen, andere durchgehend schwarz oder weiß, einige sogar grau, fast silbern. Filippo lacht jedes Mal laut auf, wenn er silberne Federn findet, dann fasst er sich an sein Haar, zieht eins von ihnen heraus und vergleicht seine Farbe mit der der Gänsefedern.

»Die könnten auch von mir sein«, stellt er alsdann verzückt fest.

»Wie fühlst du dich heute?«, möchte Franco wissen. Gemeinsam stehen sie bei einem der Ställe, Filippo sammelt Federn, Franco wartet außerhalb des

Stalls, sein Rücken lehnt gegen den Zaun.

»Bald wird es soweit sein«, sagt Filippo. »Jetzt fehlen mir nicht mehr viele.«

Seine Finger graben sich in den feuchten Erdboden, nehmen alles auf, was irgendwie nach Federn aussieht. Die Sonne hat sich verzogen, die Luft ist kühl geworden, etwas Schweres hängt über allen Dingen.

»Doktor Colei hat mir von deinen Plänen mit diesen Flügeln erzählt«, sagt Franco. »Aber ich würde es gerne von dir selbst hören. Was hast du wirklich damit vor?«

»Damit fliege ich zur Sonne. Das hab ich dir aber vor geraumer Zeit erklärt, schon vergessen?« Filippo ringt sich ein zaghaftes Schmunzeln ab. »Ich dachte eigentlich, dass *ich* derjenige wäre, der alles vergisst. Jetzt erzähl mir bloß nicht, dass das bei dir genauso ist.«

»Ich war heute früh bei einem Anwalt«, sagt Franco.

»Bei einem Anwalt?«

»Ja, du hast schon richtig gehört.«

»Was willst du denn bei einem Anwalt?«

»Erst erzählst du mir etwas über diese Flügel, dann erkläre ich es dir«, sagt Franco.

Filippo schweigt, er legt die gesammelten Federn auf einen kleinen Erdhügel in der Ecke des Stalls. Dann aber nimmt er sie erneut in die Hand, öffnet sie daraufhin wieder, die Federn rieseln wie verwelkte

Blätter zu Boden. Jede von ihnen in ihrer ganz eigenen, weichen Bewegung, zart und unschuldig.

Franco schüttelt den Kopf.

»Wie wäre es, wenn du deine Zeit zur Abwechslung mal mit etwas Sinnvollem verbringen würdest?.«

»Du solltest lieber aufpassen, was du sagst«, faucht Filippo seinen Sohn an. »Deine Großeltern werden mit dir schimpfen, wenn sie nachher kommen und mich abholen, du wirst schon sehen. Mich werden sie nach Hause bringen, aber du musst hierbleiben, du darfst bestimmt nicht mitkommen.«

»Du bist schon die ganze Zeit zu Hause«, sagt Franco.

Er stellt sich seine Worte vor, so wie früher, als sie ihn selbst an genau der gleichen Stelle getroffen hatten. Sein Vater hatte ihn von überall her nach Hause geholt, wenn es aus seiner Sicht nicht gut für Franco war. Ein verschneiter Nachmittag bei seinen Freunden, ein Gang in die Stadt mit einem Besuch der verbotenen Geschäfte, ein langer Abend auf verlassenen Parkplätzen, alles hatte seinen Platz daheim bei seinem Vater gehabt. In ihrer kleinen Wohnung in der Stadt, in seinem Leben, in seiner Welt.

»Michele und Viola kommen bald«, sagt Franco, während er die traurigen Augen seines Vaters fixiert. »Ich glaube, ich habe sie schon vorne am Eingang gesehen.«

Filippos Augen leuchten, als Franco die Namen seiner Großeltern ausspricht. Wie sie wohl aussehen, denkt er sich, und was sie wohl tragen werden, so kurz vor seiner Entlassung. Damals für die Kirche haben sie ihn ganz neu eingekleidet, im Angesicht des Herrgotts müsse man eben gut aussehen, haben sie gesagt. Selbst wenn der Feind seinen Tod fordere, so müsse er dem Schöpfer wenigstens in sauberen Sachen gegenübertreten. Ob dies wirklich Teil des Plans gewesen war? Filippo weiß es nicht.

»Wie ich dir schon erzählt habe«, sagt Franco, »ich war heute bei einem Anwalt. Sein Name ist Paolo Foresta, ein freundlicher Mann. Der weiß genau, was er tut.«

»Du brauchst keinen Anwalt, um mich hier rauszuholen«, sagt Filippo. »Mamma und Papa kommen doch nachher, sie werden das alles regeln.«

»Mamma und Papa sind gestorben, als du noch ein kleiner Junge warst.«

»Hmm ..., ist das so?«

Franco nickt.

»Sie wurden erschossen von den Deutschen.«

»Von welchen Deutschen?«

»Von den deutschen Soldaten, damals in eurem Dorf.«

Filippo senkt den Kopf, setzt sich auf den Boden und vergräbt sein Hände erneut in der feuchten Erde.

»Sie werden mich also nicht abholen kommen?«

»Nein, das werden sie nicht«, bestätigt Franco.

Es tut ihm leid, dass er es Filippo auf diese Weise sagen muss, aber es ist nun einmal die Wahrheit. Sein

Vater kann sich nicht erinnern, und vielleicht will er das auch gar nicht. Franco hat es ausgesprochen jetzt, der schlafende Hund hat seine Augen aufgeschlagen und wütet in Filippos Kopf, nicht mehr weit vom Blutrausch entfernt.

»Ich möchte um eine Entschädigung für dich kämpfen«, sagt er mit einer Hand auf der Schulter seines Vaters. »Signore Foresta wird für mich herausfinden, welche Chancen es in so einem Fall gibt, und welche rechtlichen Möglichkeiten man hier nutzen kann.«

»Ich kannte mal einen Mann, der auch hier im Heim gewohnt hat«, sagt Filippo. Der Name des Mannes will ihm nicht einfallen. »Er hat auch an dieser schrecklichen Krankheit gelitten, genau wie ich.«

»So wie du?«

»Ja, das hat er mir damals erzählt. Im Krieg habe er als Küchenjunge für den Führer gearbeitet, zumindest hat er das behauptet. Er musste ihn bedienen und ihm und seiner ganzen Gefolgschaft das Essen zubereiten. Meistens gab es nur Gemüse, selten war auch mal Fleisch dabei. Eines Tages hat er gehört, wie sich der Führer mit einem seiner Gäste über ihn unterhalten hat. Es ging wohl um das Essen, es sei fast ungenießbar gewesen, und dazu auch noch kalt. Sie haben den Jungen aus der Küche geholt, vor die Tür gebracht und ihm eine Pistole an den Kopf gehalten. Angeblich hatte er gar keine Angst, noch nicht einmal gezuckt hat er. Sie haben ihn gezwungen, sein kaltes

Gemüse selbst zu essen, so lange, bis er es ihnen vor die Füße gekotzt hat. Ob man es nun glauben will oder nicht, aber er durfte danach sogar weiter für diese furchtbaren Leute arbeiten.«

»Das hat er dir alles erzählt?«, fragt Franco.

»Er hatte wohl einfach Glück.«

Filippo steht auf und wischt sich die feuchte Erde von seinen Hosenbeinen. Über die Flecken auf dem Stoff wundert er sich, fragt sich, wie sie wohl dorthin gelangen konnten.

»Wenn überhaupt jemand eine Entschädigung verdient hätte, dann doch wohl dieser Mann.« Leise lacht er jetzt, kaum hörbar. »Was kann man einem so armen Teufel geben, der für den wahren Teufel in Menschengestalt gearbeitet hat? Sag es mir, mein Sohn, was könnte das sein?«

»Ich weiß es nicht«, sagt Franco.

»Sieh mich doch an«, sagt Filippo und streicht sich mit seinen schmutzigen Händen über das Gesicht. »Glaubst du, in meinem Zustand könnte ich mir so eine Geschichte einfach ausdenken?«

»Ich weiß nicht mehr, was ich glauben soll. Ich weiß es wirklich nicht mehr.«

»Mein Kopf spielt schon lange verrückt, aber vielleicht ist ja auch nur die Welt da draußen verrückt geworden.«

»Kann schon sein«, sagt Franco.

Er steht im Licht der Sonne jetzt, gnadenlos scheint sie auf den Stall herab. Es kommt ihm vor, als täte sie es nur für ihn und seinen Vater. Am Ende bleibt einem nur das Licht, wenn alles andere dunkel wird. Wo fängt es an und wo hört es auf, dieses Ende? Diese Dunkelheit.

Das Licht.

16

»Ihnen ist doch hoffentlich klar, dass Sie diesen Kampf nicht gewinnen können. Ist es das, Signore Bellandini?«

Paolo Foresta zündet sich eine Zigarette an, die dritte an diesem Vormittag. Er bläst den Rauch in die Luft, ein aufgezwungener Sündenerlass für das Unmögliche. Für seine Direktheit entschuldigt er sich nicht, er ist schließlich Anwalt, weder hier noch im Gerichtssaal ist jemals Zeit für Entschuldigungen.

Franco sitzt vor Forestas Schreibtisch, die Hände über dem Schoß gefaltet. Neuigkeiten gibt es zu besprechen, heißt es. Genauer gesagt sind es Tatsachen, unumstößlich, unveränderbar und von gewisser Ewigkeit.

»Was haben Sie bisher herausgefunden?«, sagt Franco.

Der Aschenbecher auf Signore Forestas Tisch quillt über vor ausgedrückten Zigaretten, wie stumme Zeugen liegen sie dort, jede mit ihrer ganz eigenen Geschichte, und jede als ein kleiner genommener Teil des Lebens.

»Es ist Ihnen demnach wirklich ernst mit einer

Klage?«

Franco nickt entschlossen.

»Mehr als das.«

»Wie darf ich das verstehen?«

»Tun Sie einfach, was Sie können. Ich bitte Sie.«

Signore Foresta seufzt und zieht die Augenbrauen nach oben. Aus dem Schrank hinter sich holt er eine dicke Akte hervor und breitet sie vor sich auf dem Tisch aus.

»Es ist nahezu unfassbar«, sagt er, nachdem er ein paar der zerknitterten Seiten umgeblättert hat. »Es gibt mehr als genug deutsche Straftäter, die von unseren Gerichten zu lebenslanger Haft verurteilt wurden. Aber das Schlimme daran ist, dass die deutschen Staatsanwälte sie nicht anklagen. Ist Ihnen klar, was das heißt?«

Franco schüttelt den Kopf.

»Das heißt, dass niemand bereit ist, sich für seine Taten von damals zu entschuldigen, und dass niemand auch nur einen Funken Verantwortung übernimmt.«

»Wie ist das möglich?«, sagt Franco.

»Tja, dafür müssen Sie nichts weiter als ein verdammt gerissener Hund sein.« Beinahe kriminelle Züge bekommt Forestas Gesicht jetzt. »Es gibt unzählige juristische Schlupflöcher, die ihnen in so einem Fall offenstehen. Sie müssen sie nur kennen und wissen, wie sie anzuwenden sind.«

»Wie soll ich mir das vorstellen?«, fragt Franco.

»Wir sprechen hier von Taten, die an Grausamkeit

kaum zu überbieten sind, verstehen Sie?«

Franco nickt, wenn auch etwas zögerlich.

»Aber wer sagt uns«, fährt Foresta fort, »ob sie wirklich Mörder waren, oder ob sie nicht einfach die Befehle, die ihnen gegeben wurden, befolgt haben?«

Franco steht auf und geht zu einem der Fenster. In den Straßen laufen die Menschen auf und ab, klein wie Ameisen, jeder für sich, und dennoch im Zusammenspiel mit allem. Zwischen friedlichen Wolken scheint immer wieder die Sonne auf sie herab, es ist die gleiche Sonne wie damals, wie in allen Jahren und zu allen Zeiten davor. Ob Mörder oder Heiliger, die Sonne liebt sie alle.

»Ebenso unglaublich ist es«, führt der Anwalt weiter aus, worauf sich Franco zu ihm umdreht, »dass man ihnen sogar die eigenen Anwälte finanziert hat.«

»Zumindest *hatten* sie Anwälte«, sagt Franco. »Warum hat das alles so lange gedauert, es hat doch schon so viele Anklagen gegeben?«

Erneut zieht Foresta die Augenbrauen hoch.

»Weil es systematische Versäumnisse sind. Das alles war abgesprochen und folgte einem perfiden Plan. Kaum ein Verfahren konnte wirklich eröffnet werden, ständig gab es Schwierigkeiten bei der Beweisfindung. Das haben sie jedenfalls behauptet. Nichts weiter als Lügen, wenn Sie mich fragen.«

Der Anwalt zieht an seiner Zigarette, mehrmals kurz hintereinander, dann drückt er sie im Aschenbecher aus.

»Seit den Fünfzigerjahren schon existieren Verhandlungsprotokolle, und zwar haufenweise. Sie liegen in ihren riesigen Aktenschränken, aber niemand bringt den Mut auf, die Schränke endlich zu öffnen und sich den ganzen Papierkram einmal anzusehen.«

»Wenn diese Akten vorhanden sind, warum gibt es dann keinen einzigen Prozess?«, sagt Franco.

»Das ist ganz einfach, und gleichzeitig ist es der reinste Irrsinn, anders kann man es nicht bezeichnen.« Foresta zündet sich eine neue Zigarette an. »Stellen Sie sich vor, man würde hier Einsicht in die Akten zulassen, welche Nachteile würde das den Beschuldigten bringen?«

»Sie sind schuldig, oder etwa nicht?«

»Das ist richtig«, stimmt der Anwalt Franco zu. »Aber es besteht immer die Gefahr, man könnte sich untereinander absprechen. Wenn jeder von ihnen die gleiche Geschichte erzählt, dann wäre das nicht unbedingt ein juristischer Vorteil. Die meisten von ihnen sind alt, aber deswegen sind sie nicht dumm.«

Ein schalkhaftes Grinsen huscht über Paolo Forestas Gesicht. Für einen kurzen Augenblick ist er wieder der junge Student der Rechtswissenschaften, euphorisch und voller Emsigkeit. Der Bursche im legeren Anzug, immer auf der Suche nach dem einzig gültigen Recht, dem Recht, das die Welt zusammenhält.

»Keiner von ihnen war bereit, die Schuld aus ihrem historischen Versagen auf sich zu nehmen. Erst recht nicht jetzt in ihrem Alter, da wurde es nur noch schlimmer.«

»Sie können nicht so tun, als sei das alles nur *Versagen*«, sagt Franco empört. »So viele unschuldige Menschen mussten sterben, das hat nichts mehr mit Versagen zu tun. Das ist Mord, feiger und hinterhältiger Mord.«

Foresta bleibt weiterhin gelassen, versteckt sich hinter den Fakten. Worte auf Papier, das seit Jahren wartet, besiegelt und für alle Zeit geduldig.

»Hier wurde niemals von *Mord* gesprochen«, sagt er. »Tote italienische Zivilisten waren nichts weiter als ein Kollateralschaden, damit musste man eben rechnen.«

»Sie reden schon fast wie einer von denen«, sagt Franco.

Der Anwalt nickt anerkennend.

»Mir ist klar, wie Sie sich fühlen müssen, Signore Bellandini. Es ist mehr als ungerecht, wenn sich Deutschland in solchen Fällen auf seine Staatenimmunität beruft. Ein Land hat unfassbare Verbrechen gegen die Menschlichkeit verübt, also soll es auch als Land dafür bezahlen. Mit Ihrer Forderung nach Gerechtigkeit für Ihren Vater werden Sie genau deswegen niemals durchkommen.«

»Was soll das heißen?«, sagt Franco.

»Deutschland kann nicht von einzelnen Opfern verklagt werden, das wäre ein Schlag ins Gesicht des Völkerrechts. Juristisch gesehen war das damals ein einfacher Krieg, nichts weiter.«

Foresta drückt einen Knopf auf seinem Telefon, wenig später betritt eine junge Frau in einem blauen Hosenanzug sein Büro. Sie grüßt freundlich, ihr Jakkett streift Francos Schulter, als sie die beiden Kaffeetassen auf dem Tisch abstellt.

»Ich fürchte, ich werde nichts für Sie tun können, so leid mir das tut«, sagt Foresta und nippt an seinem Kaffee. »Mit Forderungen nach Geld werden Sie nichts erreichen können, auch wenn ich Ihnen lieber etwas anderes erzählen würde.«

»Und das soll ich einfach so hinnehmen?«

»Ich fürchte, Sie werden es hinnehmen *müssen*.«

»Sie sind Anwalt«, sagt Franco, »es ist Ihre gottverdammte Pflicht, mir zu helfen.«

Foresta verschränkt die Arme vor seiner Brust.

»So einfach ist das leider nicht. Ich habe Ihnen dazu alles erklärt, mehr kann ich nun wirklich nicht tun.«

»Es ist mir egal, was es kostet«, sagt Franco. »Nennen Sie mir Ihren Preis.«

»Sie sollten nun lieber gehen«, kontert der Anwalt leicht gereizt jetzt. Er steht auf und geleitet Franco zur Tür hinaus zum Treppenhaus.

»Ich wünsche Ihnen und Ihrem Vater alles Gute. Das ist mein voller Ernst, glauben Sie mir.«

»Seine Name ist Filippo Bellandini.«

»Wie bitte?«

»So heißt mein Vater. Das ist sein Name.«

»Ein … schöner Name, ehrlich«, stammelt Foresta.

Franco nickt, dreht sich um, dann eilt er die Treppenstufen hinab bis zum Ausgang.

Draußen vor der Tür rauschen die Autos an ihm vorbei, das gleichmäßige Dröhnen, ruhelose Gesichter hinter den Scheiben, vorbei an den Cafés und den kleinen und großen Kaufhäusern. Eine ältere Frau schiebt einen Einkaufswagen randvoll mit schmutziger Kleidung vor sich her, vorbei an Franco, er gibt ihr ein paar Münzen, die er in seiner Hosentasche findet.

»Gott behüte Sie«, sagt die Frau und lächelt ihn an. »Sie sind ein guter Mensch, ich kann es in Ihren Augen sehen. Es gibt nicht mehr viele von Ihnen, traurig ist das. Aber Sie sind einer von denen, das weiß ich.«

Franco wischt sich mit der Hand über sein Gesicht. Die Frau läuft weiter, ein Bein zieht sie nach. Sie stützt sich auf dem Einkaufswagen ab, verliert beinahe den Halt. Für was wird sie wohl kämpfen, denkt Franco, oder für wen? Für sich selbst? Für irgendein Glück, nach dem sie strebt? Für einen Augenblick Barmherzigkeit? Wie schnell doch alles vorbei sein kann, denkt er. Bis die Frau hinter der nächsten Ecke verschwindet.

17

Der Wert der Wahrheit lässt sich erst dann erkennen, wenn man begreift, wie viel man für eine Lüge
ausgegeben hat. Alles beginnt zu schweben, fein nu-
anciert, wie auf einem Drahtseil hoch über dem Boden. Plötzlich verliert man die Kontrolle, das Gleich-
gewicht, alles fällt in sich zusammen, unmissverständ-
lich und unwiderlegbar.

Franco ist nicht wenig bestürzt über seine neuen
Erkenntnisse, die ihm Paolo Foresta in seiner von
elegischen Fakten getränkten Anwaltssprache zu ver-
mitteln versucht hat. Ein wenig beruhigen können sie
ihn trotzdem, auch wenn er versucht, sich die Enttäuschung nicht anmerken zu lassen. Laut Foresta
hat es in Griechenland während des Krieges einen
ähnlichen Vorfall gegeben, so wie damals in Filippos
Heimatdorf. Mehr als zweihundert Menschen wurden von der SS hingerichtet, man sprach von Vergel-
tungsaktionen, so hieß es. Gut zwanzig Jahre später
hatte Deutschland einen hohen Schadenersatz an
Griechenland gezahlt, von dem allerdings nur Juden
und politisch Verfolgte wirklich profitiert hatten. Die
eigentlichen Opfer der deutschen Bluttaten, oder viel-

mehr deren Anverwandte, hatten erwartungsgemäß das Nachsehen. Es folgten mehrere Rechtsstreitigkeiten zwischen den Ländern, bis schließlich auch Italien eingriff und sein Recht auf Entschädigungen geltend zu machen versuchte. Nach italienischer Erlaubnis, im eigenen Land deutsche Besitztümer pfänden zu lassen, hatte der geduldete Erbfeind Klage beim internationalen Gerichtshof erhoben und unerwartet Recht bekommen mit der Begründung einer Verletzung der Staatenimmunität. Eine dauerhafte Versöhnung beider Länder blieb seitdem ein frommer Wunschtraum, hinausgezögert auf unbestimmte Zeit.

Ich freue mich auf dich, Papa, denkt Franco, darauf, dich wiederzusehen, dich zu berühren, dich zu umarmen. Er wird ihm alles sagen, ganz egal, wie die Sache ausgeht. Mit reinem Gewissen zurück nach Rom fahren, die Geschichte abschließen. Alles mit dem Gefühl, das Beste für seinen Vater getan zu haben.

Vor den Toren des Heims hält Franco den Wagen an, Post quillt aus dem Briefkasten hervor, die Hecken werfen ihre fransigen Schatten auf das im Wind tanzende Gras. Ohne Umweg geht Franco zur Pforte, eine weitaus jüngere Frau empfängt ihn diesmal. Sie lächelt, aber Filippo Bellandini sei nicht in seinem Zimmer, sagt sie.

»Wo ist er dann?«, sagt Franco.

Sie wisse es nicht, gesteht die junge Frau, sie hielte

hier nur aushilfsweise die Stellung.

Franco spricht ein paar Pflegekräfte an, die ihm auf den Gängen begegnen, auch sie wissen nichts.

»Doktor Colei wird Ihnen nicht helfen können«, sagt eine Schwester zu ihm, »er ist verreist.«

»Wann wird er wieder zurück sein?«

»Bestimmt nicht vor morgen Abend«, sagt sie.

»Wo finde ich Schwester Sara?«

Alle zucken nur mit den Schultern.

Nicht zu fassen, denkt Franco, dann macht er sich allein auf die Suche. Er durchquert jeden Gang, fragt sich durch die Zimmer, niemand hat Filippo gesehen oder etwas von ihm gehört.

Draußen setzt Franco seine Suche zu Fuß fort, den Wagen lässt er stehen. Er überquert hohe und flache Hügel, bahnt sich einen Weg durch goldene Getreidefelder, den Traktorspuren im feuchten Erdboden weicht er über die Wiesen aus. Keuchend sinkt er vor einem Berghang auf die Knie, kurz bleibt ihm die Luft weg, das Atmen fällt schwer. Francos Kopf sinkt zwischen seine Beine, nur flüchtig, dann muss er weitergehen.

Er sieht den Berg hinauf, als er den Rücken wieder gerade bekommt. Auf dem Gipfel entdeckt er endlich seinen Vater, mit ausgebreiteten Armen steht er dort oben, wie ein Heiliger, der gerade ins Tal hinab predigt. Einen besudelten Schlafanzug trägt er, Staubwolken bilden sich nach jeder seiner Bewegungen im Wind. Franco kneift die Augen zusammen, er bemerkt etwas auf dem krummen Rücken seines Vaters, faserig und zerfleddert. Das müssen seine Flügel sein, denkt er. Bisher hat er das Ganze für einen eher schlechten Scherz gehalten, jetzt wird er eines Besseren belehrt.

»Papa!«, ruft er Filippo entgegen. »Was in aller Welt machst du da?«

Der alte Mann hört ihn nicht, seinen Kopf dreht er abwechselnd in alle Richtungen, schließt hin und wieder die Augen, sein Arme fuchteln wild in der Luft herum.

»Verdammt nochmal!«, schreit Franco jetzt. »Hör endlich auf mit diesem Wahnsinn!«

Die Angst um seinen Vater, die wie ein Schnellzug durch seinen ganzen Körper rast, verleiht ihm neue Kraft. Er rennt den Berg hinauf, immer wieder rutscht er auf den Steinen aus, stolpert, atmet den Staub der Erde ein.

Nein, er würde das nicht tun. Niemals.

Er würde nicht springen.

Er hätte nicht den Mut dazu.

Er wäre niemals so verzweifelt.

»Tu das nicht, Papa, bitte!«

All seine Gefühle bündeln sich in diesen drei kleinen Worten jetzt.

»Tu es nicht!«

Noch immer beachtet Filippo seinen Sohn nicht. Franco ist fast auf dem Gipfel angekommen, da entdeckt er Sara mit zwei Pflegern, sie stehen direkt hinter seinem Vater.

»Du musst ihn aufhalten!«, schreit er Sara an. »Um Himmels Willen, halte ihn auf!«

»Er will niemanden bei sich haben«, ruft Sara zurück, ihre Hände hält sie wie ein Stoppschild vor ihre Brust.

»Aber ... ich«, stammelt Franco, »ich verstehe das nicht. Was ...«

»Bleib wo du bist«, ruft Sara, »mehr kannst du jetzt nicht tun!«

Franco ignoriert ihren Befehl, er rennt weiter auf seinen Vater zu.

»Tu es nicht, Papa, ich flehe dich an! Bitte!«

Plötzlich dreht sich Filippo um, seine Augen sind weit aufgerissen.

»Wer ist da?«, fragt er mit zitternder Stimme.

»Ich bin es, Papa, dein Sohn Franco!«

»Das ist mir aber jetzt wirklich sehr unangenehm«, sagt Filippo.

»Du darfst auf keinen Fall springen, hörst du? Ich bin jetzt bei dir, und ich gehe auch nicht mehr weg.«

Filippo bricht in keuchendes Gelächter aus, während Franco in den Abgrund starrt, der sich hinter den Füßen seines Vaters auftut. Dort unten lauert der sichere Tod, schießt es ihm durch den Kopf.

»Ich werde ganz bestimmt nicht springen«, sagt Filippo mit ruhiger Stimme. »Ich *fliege* über die Berge hinweg, habe ich das nicht schon gesagt? Ich erinnere mich, dass ich es schon einmal gesagt habe. Ich will nur fliegen, bis hinauf zur Sonne. Mein Vater hat mir diese Flügel gegeben, und jetzt müssen sie beweisen, wie gut sie funktionieren. Ich darf nur nicht zu hoch fliegen, verstehst Du? Die Sonne ist heiß, wenn ich ihr zu nahe komme, dann verbrennen meine Flügel und ich stürze direkt ins Meer.«

»Hier gibt es weit und breit kein Meer!«, brüllt Franco seinen Vater an, Tränen brennen in seinen Augen. »Du wirst sterben, wenn du springst! Du kannst nicht fliegen, niemand kann das!«

Filippos Miene verfinstert sich. Franco ist sich sicher, das sind nicht die Worte, die sein Vater jetzt hören will.

Vorsichtig gleitet Sara auf Filippo zu, sanft berührt sie seinen Arm, aber er stößt sie von sich.

»Ich werde fliegen, ihr werdet es schon sehen!«

»Du kriegst endlich eine Entschädigung, Papa. Ich habe für dich gekämpft, und jetzt ist es endlich soweit. Niemand kann dir jetzt noch etwas wegnehmen.«

Es ist gelogen, denkt Franco, aber es ist der einzige Ausweg.

»Wenigstens dieses Leid können wir lindern, wenn du das willst.«

»Es muss gar nichts mehr gelindert werden«, sagt Filippo, »ich bin frei. Die Sonne hat mich befreit, für mich gibt es nur noch dieses Licht da oben.« Sein Finger zeigt in den Himmel. »Meine Mutter und mein Vater sind auch dort, sie warten auf mich. Und mein Sohn ist bestimmt auch schon angekommen.«

»Verdammt nochmal, nein!«, brüllt Franco jetzt, seine Stimme überschlägt sich fast. »Ich bin hier, ich bin dein Sohn, ich stehe hier direkt vor dir!«

Dann rennt er los, sein Herz droht in seiner Brust zu explodieren, der Angstschweiß schießt ihm aus jeder einzelnen Pore, vermischt sich mit den salzigen Tränen in seinen Augen. Alles um ihn herum verhüllt sich in schwarzen Schleiern. Er spürt, wie die vier Arme der Pfleger ihn packen und wie einen Schwerverbrecher zu Boden reißen.

»Nein! Nein!«, schreit er immer wieder. »Nein!«

Es hilft nichts.

»Lasst mich los, ich muss zu ihm! Verdammt nochmal, Papa!«

Die Kraft verlässt seinen Körper, wie ein Wolf heult er jetzt. Alles wird schwarz vor seinen Augen.

»Wenn du wirklich mein Sohn bist«, sagt Filippo unbeeindruckt, »dann werde ich dich bald wiedersehen. Da oben, wo es warm ist. Ich erinnere mich an so einen Ort. Ich bin sicher, dort ist es wunderschön.«

Filippo breitet die Flügel aus, erst den linken, dann den rechten Arm, eine gerade Linie. Die Federn an seinen Flügeln flattern im Wind.

»Die Zeit ist gekommen«, sagt er. »Endlich fliege ich nach Hause.«

18

»Für gewöhnlich sind mir solche Orte unheimlich«, sagt Franco. »Aber dieser hier nicht, dieser ist irgendwie anders, fast vertraut.«

Es ist Sonntagnachmittag, Sara greift nach Francos Hand, gemeinsam schlendern sie über den *Cimitero Militare Germanico della Futa*, den größten deutschen Soldatenfriedhof in Italien. Kein klassischer Ort für einen Sonntagsspaziergang, aber heute ist er etwas Besonderes. Die reizvolle Umgebung des Futapasses nördlich von Florenz könnte einen Unbeteiligten oder jemanden, der den wesenhaften Sinn dieses monumentalen Bauwerks nicht kennt, möglicherweise verunsichern. Dreißigtausend Gräber sprechen eine deutliche Sprache, erst recht, weil man dafür weder Italiener noch unbedingt Deutscher sein muss.

Sara verspürt eine auferlegte Betroffenheit, und auch an Franco geht der Anblick der unzähligen Grabsteine, jeder mit seiner ganz eigenen Geschichte von Ruhm und Ehre, Tod und Trauer, nicht spurlos vorüber. Auf den meisten der Gräber liegen bunte Blumenkränze, andere sind dagegen kahl und unberührt. Vielleicht sind sie das Werk der Hinterbliebenen, denkt Franco, vielleicht aber auch nur die tägliche Arbeit der Soldaten, die eifrig zwischen den Gräbern hin und herlaufen, immer beschäftigt mit der notwendigen vaterlandstreuen Pflege. Heutzutage jagen ihre Uniformen niemandem mehr Angst ein, damals im Krieg sah das anders aus.

Über eine Steintreppe erreichen Sara und Franco einen Mauerring, von dort aus eine Plattform mit zwei Masten, eine deutsche und eine italienische Flagge tanzen gemeinsam im Wind. Fast schon vertraut wirken sie, von eigenwilliger Grazie und Lieblichkeit.

»Wollen wir uns da drin mal umsehen?«, sagt Sara und zeigt auf die Gedenkstätte, die sich neben ihnen in den Himmel erhebt.

»Nein, ich glaube nicht«, sagt Franco. »Mir reicht, was ich hier draußen sehe. Ich muss keine Tafeln mit unzähligen Namen darauf lesen, oder irgendwelche schlauen Worte eines Politikers, der sich für die Schande der Vergangenheit entschuldigt.«

Sara stimmt ihm zu.

»Du hast recht, sowas brauchen wir nicht.«

Sie gehen ein Stück die Mauer entlang, auf einer Bank setzen sie sich. Von hier aus hat man einen grandiosen Blick über das ganze Gelände, die Grabsteine sehen wie kleine graue Bauklötze aus. Franco kann es kaum glauben, für einen kurzen Augenblick empfindet er fast so etwas wie Mitleid für die gefallenen Soldaten, trotz der schweren Last, die selbst nach ihrem Tod noch immer auf ihren Schultern liegt.

Sara legt ihren Arm um Franco.

»Es ist so friedlich hier, nicht wahr?«

»Als friedlich würde ich es nicht unbedingt bezeichnen wollen, wenn man überlegt, warum all diese Menschen hier liegen. Es sind so viele Jahre seitdem vergangen, und trotzdem schaffen wir es nicht, das alles hinter uns zu lassen und uns mit ihnen zu versöhnen.«

Franco denkt an die Gespräche mit Paolo Foresta, eigentlich will er diese Dinge lieber ruhen lassen.

»Keiner weiß, wer da noch Freund und wer Feind ist«, sagt Sara.

Franco nickt.

»Meinem Vater kann es egal sein, er kennt den Unterschied nicht mehr. Manchmal glaube ich, dass es für ihn niemals nur das Eine oder das Andere gab. Für ihn waren alle gleich, erst seine Krankheit hat ihm den Unterschied gezeigt.«

Sara umklammert Franco fester jetzt.

»Vielleicht hätten wir ihn hierher mitnehmen sollen, es würde ihm bestimmt gefallen.«

Franco schüttelt den Kopf.

»Niemand kann ihm seine schrecklichen Erinnerungen nehmen, noch nicht einmal seine Krankheit kann das. Schon seltsam, wenn man so darüber nachdenkt.«

Eine Weile bleiben sie noch auf der Bank sitzen und beobachten die Leute um sie herum. Gelegentlich laufen Soldaten vorbei, ein altes Ehepaar unterhält sich mit einem der Grabsteine, die von der Stadt beauftragten Gärtner in ihren grünen Overalls gießen Blumen, entsorgen Unkraut, sammeln verwelkte Überreste ein.

Seit zwei Monaten leben Sara und Franco zusammen in Florenz, jetzt beginnt die Arbeit an einer gemeinsamen Zukunft. Sara hat eine gut bezahlte Stelle in einem Florenzer Krankenhaus gefunden, der Abschied vom Heim und ihrem Dorf ist ihr schwergefallen. Franco hat ein zweijähriges Engagement am *Teatro Comunale di Firenze* erhalten, alles Weitere wird sich ergeben, hat er sich gesagt.

Filippo Bellandinis Krankheit schreitet unaufhaltsam voran, jeden Tag zeigt sie ihre hässliche Fratze, raubt ihm einen neuen Teil seiner Erinnerung. Seinen Sohn erkennt er schon lange nicht mehr, für ihn ist er zu einem Fremden geworden, ähnlich wie damals, als sie sich das erste Mal im Heim begegnet sind. Außerdem könne man ihn jetzt ja nicht mehr jeden Tag besuchen, hat Sara gesagt, das trübe sein Gedächtnis zusätzlich. Seine neue Pflegerin, eine Frau Mitte fünfzig mit grauem Haar und ebenso grauen Manieren, ist gewiss nicht die beste Wahl für ihn, aber niemand wagt es, an Doktor Coleis Kompetenz in Fragen des Personals zu zweifeln.

Was wäre passiert, wenn mein Vater damals tatsächlich von diesem Berg gesprungen wäre, fragt sich Franco immer wieder. Manchmal hört er Filippos Stimme in seinem Kopf.

»Ich fühle das Sonnenlicht auf meiner Haut«, sagt sie zu ihm, »es ist so wundervoll, so warm. Die Sonne muss ganz in der Nähe sein, ich kann sie spüren. Sie ist bei mir, ich habe das Gefühl, mit ihr zu verschmelzen.«

Ich sehe meinen Vater vor mir, wie er auf der Spitze dieses Berges steht, seine Flügel ausbreitet, bereit für seinen Flug zur Sonne. Dort oben, wo es warm ist, wo es keinen Schmerz und keine furchtbaren Erinnerungen gibt.

Vielleicht bringe ich ihn eines Tages zurück zu diesem Berg, und vielleicht schnalle ich ihm sogar ein Paar neue Flügel auf seinen Rücken. Ich weiß nicht, wer sie bauen wird, aber ich kann ihm dabei helfen, wenn er das will.

Wenn er fliegen will.

Hinauf zur Sonne.

Über das Buch

Filippo Bellandini lebt in einem Pflegeheim in der Toskana, vor einiger Zeit wurde bei ihm Alzheimer im fortgeschrittenen Stadium festgestellt. Geplagt von schrecklichen Erinnerungen an den Krieg und die Ermordung seiner Eltern durch deutsche Soldaten, hadert er immer wieder mit der Frage, ob seine Krankheit ein Fluch oder ein Segen ist. Nach Jahren bekommt er das erste Mal Besuch von seinem Sohn Franco; sichtlich schockiert über Filippos Zustand beginnen beide mit der Suche nach Antworten. Franco wagt ein heikles Unterfangen, fest entschlossen, den Lebensmut seines Vaters zu retten und auch sich selbst für immer zu befreien.

Alle Personen und Handlungen sind frei erfunden. Ähnlichkeiten mit lebenden oder toten Personen sind rein zufällig.

Über den Autor

Stefan Wolter, geboren 1978, lebt und schreibt in seiner Heimatstadt Bonn. Nach *Lichtreise* liegt nun sein zweiter Roman vor, in dem er auch persönliche Erfahrungen verarbeitet.